ÜBER DIE AUTORIN

Katharina Herbst ist eine deutsche Liebesroman-Autorin. Mit ihren zwei mittlerweile erwachsenen Kindern in der Nähe, lebt sie in einer ländlichen Idylle nahe Köln.

KATHARINA HERBST

EIN
letztes
ERSTES
MAL

Impressum

Erste Auflage © Copyright 2020 – Katharina Herbst
www.katharina-herbst.de

Buchsatz, Covergestaltung, Lektorat
Besteman Verlags- und Veranstaltungsservice
Waldweg 25 in 53340 Meckenheim
www.besteman.de

Covermaterial
Engin_Akyurt / Pixabay

Korrektorat/ Lektorat
Textcheck Agency / Ela Marwich

Herstellung und Verlag:
BoD - Books on Demand, Norderstedt

ISBN: 9783752611830

Danke Julia.

Piha ist ein Küstenort im Stadtgebiet des Auckland Council auf der Nordinsel von Neuseeland. Bis Oktober 2010 gehörte der Ort zur ehemaligen Stadt Waitakere City. Piha ist über das ganze Jahr hin, besonders aber in den Sommermonaten, einer der beliebtesten Ferienorte und ein häufiges Ziel für Tagesausflüge der Bewohner von Auckland. Besonders auffällig ist der schwarze Sand.

Piha Beach ist mit seinem schwarzen Strand etwas ganz Besonderes. Zwischen Felsen und starker Gischt, aber auch idealen Surferwellen lädt der Piha Beach ein für einen schönen Strandtag. Gleichzeitig gibt es drei Kletterwege, die eine fantastische Sicht garantieren. Die Küste ist im Sommer sehr windig, man kann herrliche Strandspaziergänge unternehmen. Fürs Baden ist das Wasser recht kühl.

PROLOG

Das Klackern der alten Computertastatur erinnerte Andrea an die fetten Regentropfen, die gnadenlos auf ihren Regenschirm geprallt waren, als sie vor Monaten an den drei Gräbern gestanden hatte. Mit einem tiefen Seufzer zog sie ihre Finger zu ihren Handflächen und lehnte sich nach hinten, um sich zu strecken.

Der Himmel draußen war wolkenverhangen und brachte sie augenblicklich zurück an diesen furchtbaren Tag, an dem ihre Familie zu Grabe getragen worden war. Seitdem fand sich immer etwas, was sie an ihren Verlust erinnerte. Das Foto auf ihrem Schreibtisch, das ihren Mann Sebastian und ihre beiden Kinder zeigte, machte es natürlich auch nicht besser. Noch weniger die Tatsache, dass sie derzeit von Zuhause arbeitete, denn sie war dabei, alles zusammenzupacken.

Es war unmöglich für Andrea, weiter in diesem Haus zu wohnen, sowohl emotional als auch finanziell. Davon abgesehen war es für sie alleine viel zu groß.

In ein paar Wochen würde ein junges Ehepaar mit einem Kleinkind zur Miete einziehen. Sie war im fünften Monat schwanger, fast so weit wie Andrea gewesen war, als sie damals in das Haus eingezogen waren.

Die Mieteinnahmen würden ausreichen, um den Kredit, den Hausverwalter und alle anderen anfallenden Kosten zu begleichen. Ihr Haus würde also weiterhin als ihre Altersvorsorge dienen.

Die Stille, die sich im Gebäude eingenistet hatte, nagte an Andreas Nerven. Selbst nach Monaten hatte sie sich nicht daran gewöhnt und würde es wohl auch nie. Glücklicherweise neigte sich ihre Zeit in diesem Haus, das nunmehr wie ein Mausoleum für sie war, dem Ende zu. Dennoch hatte sie noch keine neue Wohnung gefunden.

Der plötzliche Krach, den Andreas Handy dank des Vibrationsalarms verursachte, ließ sie unwillkürlich zusammenzucken. Sie brauchte nicht auf das Display zu schauen, um zu wissen, wer es war. Sofort nahm sie ab.

»Hi Betty«, begrüßte sie ihre beste Freundin und ehemalige Kollegin mit einem Lächeln auf den Lippen.

»Hi Süße«, erwiderte sie sofort. »Ich mache mich gleich auf den Weg zu dir. Ich habe Wohnungsanzeigen für dich und Sekt und Erdbeeren.«

Verwundert runzelte Andrea die Stirn.

»Was ist der Anlass?«, fragte sie verwirrt.

»Brauchen wir einen?«, kam die Gegenfrage von Betty und brachte Andrea zum Lachen.

»Auch wieder wahr«, entgegnete sie.

Als ihre Kinder noch da waren, hatte Andrea in der Woche und tagsüber niemals Alkohol getrunken und es auch ihrem Mann untersagt.

Jetzt aber musste sie nicht mehr vernünftig sein.

»Dann bis gleich«, erklärte Betty.

»Ja, dann bis gleich«, antwortete Andrea ein wenig gedankenverloren.

Es würde ungefähr eine halbe Stunde dauern, bis ihre beste Freundin da war. Das war genug Zeit, um ihre Arbeit zu beenden und die nie geöffneten Kartons aus dem Keller auszupacken und zu sortieren.

Zwar hatte sie die Kleider ihres Mannes bereits aus dem gemeinsamen Schrank entfernt. An die Zimmer der Kinder traute sie sich aber immer noch nicht ran. Da sie die Sachen nicht verschenken konnte, würde sie wohl die meisten über Kleinanzeigen verkaufen oder einfach für immer im Keller ihrer neuen Wohnung einlagern. Der erste der alten Kartons fiel ihr ins Auge, weil ihr Name groß und in Druckbuchstaben darauf zu lesen war. Andrea konnte sich nicht an den Karton erinnern und schnitt neugierig mit der Schere das Paketband auf. Kaum war die Pappe zur Seite gedrückt, präsentierte sich ein Bildband ganz oben auf einem Stapel von Büchern.

Sofort musste Andrea lächeln, als sie das Buch wiedererkannte, das eine Studienkollegin ihr einmal zum Geburtstag geschenkt hatte. Kaum hatte sie sich hingesetzt und den dicken Buchdeckel geöffnet, um in darin zu blättern, kehrte das längst vergessene Fernweh in Andreas Körper zurück.

»Neuseeland«, seufzte sie sehnsüchtig.

Für den Moment schien die Welt um sie herum verschwunden, als sie bedächtig Seite für Seite voller Inbrunst betrachtete und die wunderschöne Landschaft des Landes auf der anderen Seite der Welt betrachtete.

Es war immer ihr Traum gewesen, einmal dorthin zu reisen, aber stets war etwas dazwischengekommen. Zunächst ihr Studium und dann hatte sie sich von ihren Eltern in ihre erste Anstellung drängen lassen. Dort hatte sie über ihre Freundin Betty schließlich ihren Mann kennengelernt, den Neuseeland nicht so sehr interessierte. Bevor sie ihn dann von einer Reise hatte überzeugen können, war sie schwanger geworden.

Plötzlich klingelte es an der Haustür und ließ Andrea aus ihrer Trance aufschrecken und den Bildband schnell beiseitelegen. Vom Wohnzimmer aus, welches ihr nun auch als Arbeits- und Schlafzimmer diente, war der Weg zur Haustür sehr kurz.

»Süße!«, rief Betty fast jubelnd aus und hob zwei Tüten in die Höhe. »Mädelsabend in der Woche!«

Andrea lachte laut auf und schüttelte lächelnd den Kopf, während sie ihrer Freundin Platz machte.

»Ich weiß, was du denkst, aber Nathalie ist schon groß«, sprudelte es weiter aus Betty heraus. »Für sie ist es kein Problem, wenn Mama angesäuselt nach Hause kommt.«

Bevor sie sich stoppen konnte, entfleuchte Andrea ein tiefer Seufzer, als sie mit aller Macht ihre traurigen Gedanken beiseiteschob.

»Oh Gott, sorry«, flüsterte Betty und schlug sich eine Hand vor den Mund, wobei die Tüte, die sie hielt, gefährlich baumelte.

Andrea schnappte sie sich sofort, um den Sekt darin zu retten, der offensichtlich schon gekühlt war.

»Hör auf, dich zu entschuldigen, und sag, was dir in den Sinn kommt«, winkte Andrea ab. »Egal was du tust, ich werde immer wieder an sie denken. So langsam reicht es mir, dass die Leute immer noch wie auf Eiern um mich herumlaufen. Es ist ja nicht so, als könnte irgendwer etwas ändern.«

»In Ordnung«, entgegnete Betty mit einem knappen Kopfnicken und steuerte direkt die Küche an. »Ich habe die Erdbeeren frisch vom Bauern bei mir um die Ecke«, erklärte sie dabei. »Und die Zeitungen sind auch in der Tüte.«

»Ich glaube, ich werde die Wohnungsanzeigen nicht brauchen«, stellte Andrea ein wenig nachdenklich fest, als der Beschluss sich in ihrem Kopf festigte.

»Wie meinst du das?«, sagte Betty verdutzt und sah sie entgeistert an, als sie die Tüte auf der Arbeitsplatte abstellte.

»Ich glaube, ich werde etwas, ganz Verrücktes machen«, gestand Andrea und musste dabei grinsen. »Ich werde mir meinen Traum erfüllen und mit einem Campingwagen durch Neuseeland reisen.«.

Ihre beste Freundin sah sie nur in einer Mischung aus Erstaunen und Unglauben an.

»Das ist nicht dein Ernst«, rief Betty fassungslos aus. »Du willst mich auf den Arm nehmen! Das ist ein Scherz, oder?«

Andrea lächelte und fühlte sich auf eine seltsame Art erleichtert.

»Du meinst das wirklich ernst!«, flüsterte ihre beste Freundin und fing an zu lachen. »Dann haben wir ja wirklich etwas zum Anstoßen!«

Voller Begeisterung legte sie Andrea eine Hand auf die Schulter. Bettys einmaliger Blick auf die Dinge war etwas, das Andrea so an ihr schätzte. Nie versuchte sie, ihr etwas auszureden. Immer war sie optimistisch und hatte eine Begeisterungsfähigkeit, um die Andrea sie manches Mal beneidete.

Während sie beide die Erdbeeren vorbereiteten und dann mit einer Schüssel voller süßer Früchte mitsamt der Sektflasche und den dazugehörigen Gläsern ins Wohnzimmer zurückkehrten, redete Betty unentwegt davon, was alles zu tun wäre, damit dieser Traum in die Wirklichkeit umgesetzt werden konnte.

Andrea hörte aufmerksam zu. »Ich werde alles verkaufen, was ich nicht brauche«, erklärte Andrea schließlich, als beide auf der Couch Platz nahmen. »Ich denke, es wird mir helfen alles loszulassen. Nur die wichtigsten Erinnerungen, die, die ich mitnehmen kann, werde ich behalten.«

»Auch die ganzen Möbel?«, überlegte Betty laut. »Du wirst dir alles neu kaufen müssen.«

»Wenn ich zurückkomme«, ergänzte Andrea mit einem leicht verträumten Lächeln.

»Das klingt ja so, als hättest du es gar nicht vor?«, meinte Betty ein wenig kleinlaut.

»Ich weiß es nicht«, bestätigte Andrea und zuckte mit den Schultern. »Und das tut irgendwie gut.«

»Hast du denn wirklich alles bis ins letzte Detail durchdacht?«, wollte Betty wissen und Andrea wusste, dass ihre beste Freundin es nur gut meinte.

»Ganz und gar nicht«, gestand Andrea lachend. »Aber ich glaube, das ist genau das, was ich brauche. Wenn du mir mit dem Verkauf von dem ganzen Kram hier helfen würdest, wäre ich dir wirklich dankbar. Du hast gerade so viele wunderbare Ideen gehabt. Und ich glaube auch, dass du besser wissen wirst, was ich vielleicht nicht weggeben sollte. Aber für mich hört sich dieses Vorhaben wie ein Befreiungsschlag an. Mein ganzes Leben lang, seitdem ich mit dem Studium fertig bin, war irgendwie alles immer vorbestimmt. Jetzt kann ich aus dem Schlimmsten vielleicht das Beste machen.«

»Natürlich helfe ich dir!«, rief Betty aus. »Das ist eine hervorragende Ablenkung. Jetzt, wo Nathalie mich nicht mehr brauchen will und Ben befördert wurde und nur noch arbeitet, fällt mir manchmal die Decke auf den Kopf und so kann ich wenigstens die Zeit mit dir genießen, bis du weg bist.«

»Dann auf neue Abenteuer!«, hob Andrea ihr Sektglas und Betty stieß lachend mit ihr an.

»Auf neue Abenteuer!«, erwiderte sie, und auch wenn ihr Blick ein wenig traurig war, ließ sich Betty dies nicht sehr anmerken.

Mehr noch: Sie setzte sich direkt mit Andrea ans Planen, um sicherzugehen, dass sich alles zum Besten wenden würde.

KAPITEL 1

Andrea war Mitte Oktober in Auckland gelandet. Sie hatte eine Website damit beauftragt, ihr einen Campingwagen zu kaufen und alle weiteren wichtigen Dinge, wie die Registrierung und Anmeldung abzuwickeln. Es war in der Tat günstiger, einen Camper zu kaufen, wenn man vorhatte, mehr als fünf Wochen in Neuseeland zu verbringen, und Andrea hatte keine Ahnung, wie lange sie bleiben würde. Und da es günstiger war, ein Konto in Neuseeland zu haben, hatte sie bei Ankunft direkt eines eröffnet.

Ihr Arbeitgeber hatte ihre Kündigung mit großer Überraschung angenommen, und sie hatte ihren ganzen Jahresurlaub so gelegt, dass sie noch ein ganzes Monatsgehalt bekam, während sie bereits in Neuseeland war. Der neuseeländische Sommer begann erst im Dezember und so konnte sie die Attraktionen anfahren, bevor der große Touristenschwall kam. Andreas Plan war die Zeit von Weihnachten bis Neujahr am Piha Beach zu verbringen und dann zu entscheiden, ob sie in Neuseeland bleiben, oder nach Deutschland zurückkehren würde. Es würde das erste Mal sein, dass sie sich wieder unter viele Menschen begab, denn Piha Beach war ein beliebter Ort selbst für die Einwohner.

Bis zu ihrer Ankunft hatte sie die meiste Zeit alleine verbracht und sich nur Menschen angeschlossen, wenn es um die Attraktionen ging. An vielen Stellen des Landes hatte sie keinen Handyempfang und somit auch kein Internet und so verbrachte sie viel Zeit mit Lesen aber auch anderen Hobbys, denen sie lange nicht mehr nachgegangen war.

Nur selten stellte sie sich vor, wie ihre beiden Kinder in der Nähe ihres Campers spielten, der groß genug war, dass eine kleine Familie darin Platz hatte. Sie wollte diesen Eindruck auf andere erwecken, damit man nicht erkannte, dass sie alleine unterwegs war. So hatte sie auch das ein oder andere Spielzeug ihrer Kinder dabei, damit sie zumindest in Gedanken dabei waren.

Mit der Zeit war ihr immer mehr klar geworden, dass ihr Mann und sie sich ein wenig entfremdet hatten. Andrea hatte dies so hingenommen. Immerhin alterten Beziehungen auch, und während die Freundschaft wuchs, ließen andere Dinge eben nach. Da dieser Prozess so schleichend verlaufen war und die beiden Kinder sie sehr auf Trab gehalten hatten, war es Andrea niemals besonders aufgefallen. Doch nun, da sie die Zeit hatte, über alles nachzudenken, konnte sie die Distanz, die zwischen ihnen gewachsen war, nicht mehr ignorieren. Nun würde sie nie die Chance haben, die alte Leidenschaft zwischen ihnen wieder entflammen zu lassen. Aber es lag auch ein gewisser Trost darin. Bis jetzt hatte immer alles wunderbar geklappt.

Man konnte fast überall in Neuseeland seinen Camper abstellen und mit ihrer zum Bankkonto zugehörigen Kreditkarte immer alles bezahlen. Geldsorgen würde sie in der nächsten Zeit ohnehin nicht haben und das lag nicht an den Erlösen ihres Verkaufs. Mittlerweile war auch die Lebensversicherung ihres Mannes ausgezahlt worden und somit stand einem längeren Aufenthalt in Neuseeland nichts im Wege. Andrea konnte allerdings spüren, dass sie bald mehr brauchte als nur die Einsamkeit und Schönheit dieses Landes, in das sie sich schon vor Jahrzehnten verliebt hatte. Ihr war klar, dass sie nicht für immer mit ihrem alten Campingwagen durch das Land ziehen konnte – oder vielleicht doch?

Jetzt zumindest war sie auf der Suche nach einem Platz, auf dem sie ›Die alte Dame‹ abstellen konnte. Schnell hatte sich ihre Sorge über die möglichen Kosten des Stellplatzes mit der Besorgnis ersetzt, ob sie hier in Piha ihren Camper überhaupt abstellen konnte. Es war schon der dritte Platz, den sie angefahren hatte, der bereits voll war. Vom ganzen Gasgeben und abbremsen war der Motor mittlerweile heiß gelaufen und sie musste direkt nach dem Verlassen des dritten Platzes ranfahren, um zu verhindern, dass der Motor überhitzt war. Nun, im ersten Sommermonat, machte sich das Alter ihres Campers durchaus etwas bemerkbar.

Seufzend schaltete sie die Warnblinkanlage an und drehte den Zündschlüssel auf aus.

Auf gar keinen Fall wollte sie mit der alten Dame liegen bleiben und sich überflüssige Werkstattkosten aufhalsen. Inständig betete sie, dass ihr Campingwagen in ein paar Minuten wieder anspringen und sie keinen Ärger dafür bekommen würde, dass sie nun am Straßenrand neben dem vollen Stellplatz stand.

Andrea hatte das laute Hämmern an die Wand der alten Dame schon erwartet. Es war ja klar, dass genau jetzt, als eine Sache schieflief, sich die Missgeschicke nur anhäufen würden. Auf dem Weg zur Hintertür, von der aus seltsamerweise das Hämmern gekommen war, bereitete sich Andrea darauf vor, von einem netten Neuseeländer darauf hingewiesen zu werden, dass sie ihren Campingwagen woanders abstellen müsse.

Es gab wenige Regelungen diesbezüglich. Hier in Neuseeland gab es nur Hinweisschilder, wenn man ausnahmsweise nicht parken durfte.

Vorsichtig öffnete Andrea die Tür nach außen. Das Letzte, was sie wollte, war dem Platzwart aus Versehen eine gebrochene Nase zu verpassen.

»Es tut mir wirklich leid«, sprach sie in ihrem mittlerweile recht gut gewordenen Englisch, noch während sie die Tür öffnete. »Der Motor droht heiß zu laufen. Ich brauche wirklich nur ein paar Minuten, dann bin ich weg.«

Anstatt einer Antwort erhielt sie ein strahlendes, entwaffnendes Lächeln, das sie mitten in der Bewegung einfrieren ließ.

Andreas Herz machte einen Sprung. Verdammt sah dieser Mann gut aus. Jetzt schon hatte er eine perfekte Bräunung, sein Haar war sonnengeküsst und dann noch dieses breite Lächeln.

»Ich wollte eigentlich nur meine Hilfe anbieten«, sprach der groß gewachsene Mann, der gar nicht wie ein Neuseeländer klang. »Aber du kennst dich mit deinem Camper scheinbar aus.«

»Eh, ja schon«, gab Andrea zurück und spürte eine unbekannte Hitze in ihr Gesicht steigen.

Wurde sie etwa rot?

»Ich bin Chris«, reichte selbiger ihr seine Hand, die sie überrumpelt annahm und die Berührung bis in ihre Knochen spürte.

»Andrea«, gab sie zurück.

»Du bist aus Deutschland, oder?«, erwiderte Chris, als er ihre Hand schüttelte.

»Ja«, antwortete Andrea verlegen und beschloss, sich nicht wie eine komplette Idiotin zu verhalten. »Du bist Australier?«, setzte sie eine Frage hinterher.

»Richtig!«, strahlte dieser Kerl sie schon wieder an.

Für einen Augenblick erinnerte er sie an Betty.

»Bist du etwa ganz allein unterwegs?«, frage Chris plötzlich und wirkte tatsächlich ein wenig besorgt.

Seine Frage rührte wohl daher, dass noch niemand Weiteres aus dem Innern des Campers zu ihnen gestoßen war und auch keine anderen Geräusche aus dem Innenraum zu ihnen nach draußen drangen.

»Ja«, gab Andrea zu und zuckte mit den Schultern.

»Warte einen Moment«, erklärte Chris mit einem verschmitzten Zwinkern, drehte sich um und ging in Richtung Stellplatz.

Ein wenig überrumpelt blickte Andrea dem Mann hinterher und erwischte sich dabei, ihn von oben bis unten zu beäugen: von seinen Schultern, bis hin zu seinem knackigen Po, bis hin zu seinen Füßen. Er trug Flip-Flops. Chris wirkte durch und durch athletisch, ohne dass es übertrieben war. Er war vermutlich ein Surfer. Immerhin war Piha Beach ganz besonders für seine Wellenbrecher bekannt. Selbst als Andrea jung war, waren Kerle wie Chris für sie unerreichbar gewesen. Jetzt war sie in ihren Vierzigern und Chris sah definitiv jünger aus, als sie sich fühlte. Jetzt allerdings fühlte sie wenig Scham, den gut aussehenden Mann zu betrachten, bis er aus ihrem Sichtfeld verschwand.

Erst dann entwich ihr ein Seufzen und sie stellte fest, dass sie die ganze Zeit ihren Atem angehalten hatte. Ihr Herz klopfte in ihrer Brust. Das letzte Mal, dass ein Mann eine solche Reaktion hervorgerufen hatte, war, als sie mit Betty im Kino gewesen war.

Was war schon dabei? Chris war ein Fremder und sie hatte nichts zu verlieren. Und er hatte sicherlich rein gar nichts bemerkt.

Andrea wurde aus ihren Gedanken aufgeschreckt, als auf dem Stellplatz hinter ihr plötzlich Leben in die Bude kam.

Eine Reihe von Wagen begann herum zu rangieren und sie setzte sich auf die Stufen ihres Campers, um das Schauspiel, was einige Minuten andauerte, anzusehen. Nachdem wieder Ruhe auf dem Stellplatz eingekehrt war, erschien Chris mit einem breiten Grinsen auf dem Gesicht, das sie schon von Weitem sehen konnte.

War das ganze Chaos ihretwegen entstanden?

»Wir haben dir etwas Platz gemacht«, erklärte er in dem Moment, in dem Andrea aufstand und er nah genug war, dass er nicht laut werden musste. »Dreh um und ich zeig dir den Platz.«

Andrea spürte, wie sie erst rot und dann blass wurde. Mittlerweile kannte sie ihren Camper gut, aber es graute ihr davor in der Enge rangieren zu müssen.

»Würdest du?«, fragte sie Chris, ehe sie sich davon abhalten konnte. »In der Enge parken, ist nicht gerade meine Stärke«, gab sie zu.

Es gab keinen Grund für falschen Stolz.

»Klar, kein Problem«, erwiderte der charismatische Australier und zuckte mit den Schultern. »Wenn es dir nichts ausmacht, mir das Steuer zu überlassen, mache ich das gern.«

Es schien ihm sogar zu gefallen, dass Andrea so ehrlich war. Oder aber sie bildete sich das einfach nur ein. Wieder erwischte sie sich beim Starren und Chris begann zu grinsen. Immerhin wartete er darauf, dass sie zur Seite trat, um ihn in den Campingwagen zu lassen.

»Oh, sorry«, erklärte Andrea ein wenig beschämt und spürte, wie sie schon wieder rot wurde.

Schnell betrat sie ihren Camper und sie konnte hören, dass Chris ihr folgte. Er war der erste Mensch, den sie in ihr mobiles Zuhause ließ, nachdem sie die alte Dame in Empfang genommen hatte. Danach hatte sie den altmodischen Camper so eingerichtet, dass es für sie ein richtiges, wohliges Zuhause war.

Vorne angekommen, setzte Andrea sich auf den Beifahrersitz und sah Chris erwartungsvoll an. Bildete sie es sich ein, oder war er es nun, der ein bisschen rot wurde.

»Es sieht hier wirklich wohlig aus«, sagte er und wirkte auf sie, als würde er diese Worte nicht nur sagen, um eine Konversation aufrechtzuerhalten.

»Danke«, erwiderte Andrea und wollte gar nicht verhindern, ihn fröhlich anzustrahlen. »Die alte Dame ist seit zwei Monaten mein Zuhause.«

»So lange?«, entgegnete Chris überrascht und nahm auf dem Fahrersitz Platz.

Andrea kam nicht umhin, den Duft einzuatmen, der den gutaussehenden Australier umgab. Er roch nach sonnengeküsster Haut und Meer, was keine echte Überraschung war.

Für einen Augenblick herrschte Stille zwischen den beiden, als sie einander ansahen. Es war fast so, als würde die Welt selbst die Luft anhalten, bis sowohl Andrea als auch Chris verlegen zu lachen begannen.

»Das ist eine Geschichte für ein späteres Mal«, sagte Andrea schließlich und erntete dafür ein Lächeln von Chris.

»Das ist gut zu wissen«, entgegnete er und schon wieder konnte Andrea spüren, wie ihr die Hitze ins Gesicht stieg.

Sie weigerte sich, sich peinlich berührt zu fühlen. Vielmehr wollte sie dieses Gefühl genießen. Zu lange schon war es her, dass ein Mann solche Empfindungen in ihr geweckt hatte. So lange, dass sie bereits vergessen hatte, wie es überhaupt war, wenn Schmetterlinge im Bauch tanzten.

Weiter als an das Hier und Jetzt wollte sie nicht denken, denn dann würde die Realistin in ihr erwachen, und genau das wollte sie gerade nicht.

»Schauen wir mal, wie heiß der Motor noch ist«, wechselte Chris das Thema und drehte den Schlüssel auf die Zwischenstufe.

Die Anzeigen des Armaturenbretts kamen zum Leben und die Nadel für die Motortemperatur schlug über den Mittelwert aus. Wenigstens war es nicht ganz so schlimm wie noch vor ein paar Minuten.

»Wir warten wohl besser noch ein bisschen«, sagte der sonnengeküsste Australier und Andrea nickte, um ihm beizupflichten.

Nur worüber sollten sie jetzt reden?

»Wie lange wirst du hierbleiben?«, erkundigte sich Chris ganz ungeniert.

Diese ehrliche und vor allem unbedarfte Offenheit des Australiers veranlasste Andrea dazu, sich vollständig zu entspannen. Eigentlich kannte sie es von Neuseeland nicht anders. Die Menschen hier waren lockerer und nahmen die Dinge nicht so ernst, wie Andrea es von ihrer Heimat gewohnt war. Und das war ein dickes Pro auf ihrer Liste, wenn es darum ging, in diesem Land zu bleiben.

»Am Piha Beach?«, hakte Andrea nach und Chris nickte; er wirkte dabei fast schon, wie ein kleiner Junge – wie alt er wohl sein mochte? »Bis nach Silvester, denke ich mal«, fügte sie hinzu.

»Wir wahrscheinlich auch«, erklärte Chris und sie frage sich, wer wohl dieses ominöse ›wir‹ war.

Ganz bestimmt meinte er damit seine Clique und ganz sicher gehörte auch seine Freundin dazu.

Warum beschäftigte sie das?

»Komm einfach zu uns, wenn dir nach ein wenig Gesellschaft ist«, bot Chris offenherzig an. »Wir sind schon das fünfte Mal hier, glaub ich. Also können wir dir hier die Gegend zeigen, wenn du möchtest.«

»Vielen Dank«, erwiderte Andrea und hatte Mühe, ihren Enthusiasmus nicht zu deutlich zu zeigen. »Ich komme sicher auf das Angebot zurück.«

»Sehr gut«, sagte Chris mit einem zustimmenden Nicken.

Wieder sahen sie beide sich für einige Sekunden schweigend, aber mit einem Lächeln auf den Lippen an.

»Das fünfte Mal?« Andrea musste einfach diese so verwirrend angenehme Stille zwischen ihnen stören.

Zunächst blinzelte Chris verwirrt und dann war ihm ganz offensichtlich wieder klar, dass sie an das anknüpfte, was er gesagt hatte. Das wiederum schien ihn ein wenig in Verlegenheit zu bringen – warum auch immer. Allerdings ließ sein Gesichtsausdruck Andreas Herz abermals einen Sprung machen.

»Äh … ja«, suchte er nach Worten, schien aber von irgendetwas abgelenkt zu sein – etwa von ihr? »Immer über Weihnachten und Silvester«, sagte er schließlich.

Mit einem Mal wirkte er ein wenig bedrückt. Nach Piha Beach zu kommen, war wohl mehr als nur ein Urlaub für ihn.

»Ich kenne Weihnachten nur kalt«, wechselte sie schnell das Thema und Chris' Gesichtsausdruck hellte sich wieder auf, was Andrea dazu veranlasste, weiterzureden. »Aber das Schöne daran ist, sich gemütlich in Decken einzuwickeln und vorm Kamin heißen Kakao zu trinken, während es draußen düster ist und regnet.«

»Ich dachte immer, in Deutschland liegt Schnee zu Weihnachten«, meinte Chris erstaunt und sie musste lachen: »Schnee gab es in Deutschland nur, als ich klein war, aber jetzt ist es immer nur nass und kalt«, erklärte sie mit einem wehmütigen Lächeln. »Das war in den Neunzigern.«

»Wirklich?« Chris wirkte nun mehr als verblüfft.

»Ja«, nickte sie und ihr wurde klar, dass womöglich etwas anderes seine Verblüffung verursacht hatte. »Bei uns gibt es Schnee meistens erst später oder eben in den Bergen«, fügte sie hinzu, weil sie eine peinliche Stille vermeiden wollte.

»Ich schätze, wenn man an Deutschland denkt, stellt sich jeder die Alpen vor«, meinte Chris und zuckte kurz mit den Schultern.

»Das kann gut sein«, erwiderte Andrea.

»Versuchen wir es noch einmal«, verkündete Chris und drehte abermals die Zündung.

Der Motor zeige immer noch eine überhöhte Hitze an.

»Es ist nur eine kurze Strecke«, warf Andrea ein. »Die alte Dame wird das schon schaffen.«

»Das ist ein süßer Name für deinen Camper«, grinste Chris nun, was Andrea direkt ansteckte.

»Das ist sie doch auch, in Autojahren«, lachte sie.

»So alt sieht sie gar nicht aus«, erwiderte Chris und sah sie dabei nicht an.

Bezog er sich da wirklich auf den Campingwagen, oder vielleicht doch auf etwas anderes?

Andrea beschloss, es als verstecktes Kompliment zu nehmen, selbst wenn es nicht als solches gemeint war. Als würde die alte Dame ihr beipflichten wollen, sprang der Motor ohne ein Murren sofort an.

»Ich werde drehen, das ist einfacher«, verkündete Chris und Andrea nickte ihm beipflichtend zu.

Für den Bruchteil einer Sekunde überkam sie die Angst, dass dieser gut aussehende Australier nicht mit ihrer alten Dame zurechtkommen würde, doch schnell stellte sich Erleichterung ein, als der Campingwagen sich sanft in Bewegung setzte.

An der Einfahrt zum Stellplatz angekommen, kam schnell ein weiterer Mann, wohl in Chris Alter, auf sie zugelaufen und fing an sie durch die eng geparkten Autos und Camper durch zu navigieren.

Zu Andreas großem Erstaunen brachte Chris ihren Campingwagen direkt an der kleinen Mauer, die den Stellplatz vom Strand absperrte, zum Stehen. Sie bemerkte zu spät, dass sie mit offenem Mund die sich ihr darbietende Aussicht in sich einsog.

»Den Platz haben wir für Mick freigehalten«, sagte Chris schmunzelnd. »Aber dieses Jahr schafft er es leider doch nicht.«

»Wow«, flüsterte Andrea. »Danke.«

»Gern geschehen«, grinste er und stand auf. »Du hattest Glück, wir haben gerade zu Mittag gegessen, sonst hätten wir dich nicht gesehen.«

»Allerdings«, erwiderte Andrea lächelnd und ihre Miene galt nicht nur der Tatsache, dass sie nun einen unglaublichen Platz für ihre alte Dame hatte.

Chris sagte nichts weiter, aber er zwinkerte ihr zu, fast so, als wüsste er, dass sie auch ihn damit gemeint hatte. Andrea konnte nicht verhindern, dass sie wieder rot wurde und ihr Herz wild klopfte.

»Wir sehen uns«, verabschiedete sich Chris und machte sich auf den Weg zu gehen.

Es gab nichts, was Andrea einfiel, um ihn davon abzuhalten, den Camper zu verlassen, also stand sie auf und folgte ihm nach draußen. Wieder konnte sie sich nicht davon abhalten, ihn anzustarren und von Chris dann auch noch ertappt zu werden. Er grinste sie breit an, als er die Tür zu dem Campingwagen öffnete, der direkt neben ihrem stand.

Sie würden sich ganz bestimmt wiedersehen.

KAPITEL 2

Piha Beach war zweifelsohne ein beliebtes Reiseziel der Einheimischen. Der Strand war prall gefüllt und im Wasser tummelten sich vor allem Surfer.

Andrea hatte sich von den letzten Resten ein annehmbares Mittagessen zusammengestellt, das sie nun auf der Grenzmauer zu sich nahm, um das rege Treiben auf dem Strand zu beobachten.

In den letzten Wochen hatte sich ihre Lebensweise extrem geändert. Sie stand auf, wenn sie wach wurde, und aß meistens das, was ihr zuerst in die Hand fiel. Das Einzige, was sie plante, war, welche Strecke sie mit der alten Dame nahm, und wo sie einen Halt machen würde, um zu tanken und einzukaufen. Oftmals hatte sie an einer Plantage, einem Feld oder eben einem Haus angehalten, um die dort angebotenen Lebensmittel zu kaufen, worunter auch Wein fiel. Sie stoppte den Camper meistens spontan an einem Ort, den sie schön fand. Dort aß sie gelegentlich etwas und machte Fotos und las eines der unzähligen Bücher auf ihrem Tablet, die sie zwar gekauft hatte, doch niemals hatte lesen können.

Ihr früheres, von Uhrzeiten bestimmtes Leben war nun in weite Ferne gerückt.

Normalerweise hätte Andrea sich in die alte Dame gesetzt, um zu einem Laden zu fahren, um ihre Vorräte aufzufüllen, doch noch nie zuvor hatte sie Probleme gehabt einen Stellplatz zu finden. Jetzt würde sie eine Alternative finden, oder aber zu Fuß gehen müssen.

»Hi, du musst Andrea sein«, sprach sie jemand auf Englisch von hinten an und ließ sie zusammenzucken, wodurch sie sich fast verschluckte.

Schnell wischte sie sich mit der Rückseite ihrer Hand das Essen zurück in den Mund und wandte sich um. Hinter ihr stand eine junge, braun gebrannte Frau mit ebenfalls sonnengeküsstem Haar. Neben ihrer abgeschnittenen Jeans und Flipflops trug sie ein Bikini-Top, das fast schon zu klein wirkte.

»Ja, hi«, grüßte Andrea freundlich.

»Ich bin Tessa«, stellte sich die junge Frau vor, die wohl eher in ihren Zwanzigern war. »Ich wollte mal nach dir sehen. Du siehst ein wenig verloren aus.«

Andrea unterdrückte den Impuls, eine Augenbraue hochzuziehen und lächelte stattdessen.

»Ich genieße die Aussicht«, erklärte sie. »Ich hab kein Problem damit, allein zu sein.«

»Ja«, erwiderte Tessa und setzte sich neben sie. »Chris meinte bereits, du wärst allein unterwegs.«

Dieser Australier schien ja schon einiges über sie erzählt zu haben, doch Andrea wischte jedwede Skepsis beiseite. Genauso, wie sie es bei ihrer Familie getan hatte, als sie sie über ihre Pläne informiert hatte.

Andrea beschloss, dass es ausreichen würde zu schweigen, um Tessas Aussage zu bestätigen.

»Wollt ihr zwei auch etwas zu trinken?«, rief eine weibliche Stimme aus dem Camper neben der alten Dame.

Diesmal zuckte Andrea nicht zusammen, sondern beendete in Ruhe ihre Mahlzeit. Offensichtlich fühlten sich die Freundinnen von Chris dazu verpflichtet, sie in ihre Gruppe zu integrieren. Andrea war sich nicht ganz sicher, ob ihr das gefiel.

»Das ist Miriam«, erklärte Tessa unaufgefordert und wies auf einen der Surfer vor ihnen, der ein gelbes Surfboard hatte – zumindest glaubte Andrea, dass die junge Frau auf diesen Surfer zeigte. »Sie ist Jordans kleine Schwester.«

»Wir haben Eistee, Coke und Bier«, rief Miriam weiter aus dem Camper.

»Ich nehme einen Eistee!«, rief Tessa zurück und blickte Andrea fragend an, die den Kopf schüttelte und dabei weiterkaute. »Andy will nichts!«

Beinahe verschluckte Andrea sich schon wieder. Andy hatte man sie zuletzt in der Grundschule genannt. Auf der weiterführenden Schule hatten ihre Freunde sie Drea genannt. Aber es machte irgendwo Sinn, dass es für Menschen mit Englisch als Muttersprache irgendwie komisch klang. Sie selbst erinnerte es an Beverly Hills 90210. Irgendwie ließ es sie alt fühlen.

»Andy ist doch okay?«, fragte Tessa überraschend.

»Klar«, bestätigte Andrea lächelnd, nachdem sie ihr Essen heruntergeschluckt hatte.

»Super.« Tessa grinste sie breit an. »Chris hat ein weiß-blaues Surfboard. Da ist er«, sagte sie und deutete wieder auf das Meer, wo Andrea ihn anhand des Surfbretts schnell fand. »Ihm gehört der Camper hier. Der mit dem dunklen Surfboard ist Tony, mein großer Bruder und Miriams Freund.« Andrea war ein wenig davon abgelenkt den Manövern von Chris zu folgen, dennoch hörte sie Tessa weiter zu. »Zum ersten Mal sind Mick und Cole und deren Frauen nicht dabei, auf deren Stellplatz du jetzt stehst.«

Die nun leere Schüssel auf ihrem Schoß ruhend, wandte Andrea sich Tessa zu und meinte lächelnd: »Danke für die Einführung.«

Bevor die junge Frau etwas sagen konnte, kam Miriam schon aus dem Camper und trug zwei Gläser, die mit Deckel und Strohhalm versehen waren. Wenn Tessa Anfang oder Mitte zwanzig war, dann musste Miriam wohl Ende zwanzig sein. Ihre dunklen Haare waren wirr in einen Dutt hochgebunden und wirkten noch nass. Sie trug einen typischen, kurz geschnittenen Neoprenanzug und war ebenfalls braun gebrannt. Dazu trug sie keine Schminke, was Sinn machte.

Ganz offensichtlich war Miriam gerade erst vom Surfen zurückgekehrt und Andrea hatte sie gar nicht bemerkt. Das schien ihr jedoch nicht weiter wichtig zu sein.

»Hi, Andy«, grüßte Miriam sie freundlich.

»Hi Miriam«, erwiderte Andrea die Begrüßung. »Schön, dich kennenzulernen.«

Miriams Lächeln wurde noch breiter. Die beiden Australierinnen – zumindest klang ihr Englisch wie das von Chris – waren hübsch und dazu noch schlank und gut gebaut. Neben ihnen fühlte sich Andrea ein wenig aufgequollen.

Das war das erste Mal, seitdem sie in Neuseeland war, dass Andrea sich über ihre eigene Figur überhaupt Gedanken machte. Sich allerdings darüber zu wundern, warum das so war, bedeutete nur, sich selbst zu belügen. Andrea kannte den Grund nur zu gut und der ritt auf einem blau-weißen Surfboard über die Wellen.

»Gibt es in der Nähe einen Ort, wo ich einkaufen kann?«, fragte Andrea spontan.

»Ein paar Meilen die Straße runter«, erklärte Tessa und deutete den Strand entlang.

»Oh«, entfleuchte Andrea ein Laut des Unmutes.

Bisher hatte sie niemals etwas anderes als ihren Camper gebraucht, aber jetzt benötigte sie mindestens ein Fahrrad oder einen Roller.

»Chris hat ein Motorrad für solche Fälle«, meinte Miriam ermutigend. »Er leiht es dir sicher.«

»Das ist nett«, lachte Andrea dankbar. »Ich habe nur keine Ahnung, wie man eines fährt.«

»Oh, er nimmt dich sicher mit«, winkte die ältere der beiden Australierinnen ab.

Bildete sie es sich ein, oder wirkte Tessa weniger begeistert von der Idee, Chris könne Andrea auf dem Motorrad mitnehmen? Was sonst sollte die plötzlich bittere Miene der jungen Frau aussagen?

Andrea beschloss, den Ausdruck, als habe Tessa auf eine Zitrone gebissen, darauf zu schieben, dass sie gerade einen Schluck von ihrem Eistee getrunken hatte. Das Letzte, was sie wollte, war, dass sich ihre entspannte Zeit in Neuseeland dem Ende zuneigte. Aus welchem Grund auch immer. Daher schwieg Andrea abermals und Tessa schien beruhigt, dass sie nicht auf Miriams Worte ansprang.

»Wir grillen heute Abend«, erklärte die ältere der beiden plötzlich und zwinkerte Andrea zu. »Ich bin sicher, wir haben genug für eine weitere Person.«

Bevor Tessa irgendetwas einwenden konnte, hatte Andrea schon das Wort ergriffen: »Das ist wirklich sehr lieb, aber ich möchte keinem zur Last fallen.«

»Ach Quatsch.« Miriam winkte abermals ab und grinste breit, als sie fortfuhr: »Das ist die ansteckende neuseeländische Gastfreundschaft. Außerdem werden wir dich alle über deine Heimat ausquetschen.«

Andrea entging nicht der auffordernde Blick, den Miriam an Tessa schickte und der die jüngere Frau dazu anhielt zuzustimmen: »Es macht uns wirklich nichts aus. Sei unser Gast heute Abend. Du kannst die Tage dann mal etwas Deutsches für uns kochen.«

»Na gut«, gab sich Andrea geschlagen. »Okay.«

»Wunderbar!«, jubelte Miriam, doch Tessa war ein wenig reservierter bezüglich Andreas Zusage. »Wir gehen gleich wieder runter an den Strand, kommst du mit?«, lud die ältere Australierin sie dazu noch ein.

»Danke, aber ich richte mich erst einmal ein und nutze dem Empfang, um ein paar Bilder hochzuladen und ein paar Anrufe zu tätigen«, entgegnete Andrea und lächelte dazu breit.

Dabei hatte sie nur vor, Betty anzurufen, aber so würde sie zumindest den Rest des Tages noch einmal ihre Ruhe haben. Es war für sie gewöhnungsbedürftig, wieder unter so vielen Menschen zu sein. Einerseits war es schön, unter die Fittiche genommen zu werden, aber andererseits hatte Andrea sich an ihre Unabhängigkeit gewöhnt und wollte sie nicht so schnell aufgeben.

»Dann sehen wir uns später.« Miriam strahlte sie auf eine Art und Weise an, dass Andrea die Wärme der Frau regelrecht spüren konnte.

Die Australierin erinnerte sie von ihrer Art doch sehr an Betty. Ihre beste Freundin wartete bestimmt schon auf den nächsten Anruf. In nur drei Tagen war Weihnachten und Betty war sicherlich schon sehr gestresst.

Schnell warf Andrea einen Blick auf ihre Uhr.

»Verdammt«, murmelte sie auf Deutsch, aber die beiden Sprachen klangen, was diesen Ausdruck betraf, doch ähnlich genug.

»Die Zeitzone, richtig?«, fragte Tessa.

»Ja, in Deutschland ist es gerade drei Uhr nachts«, erwiderte Andrea und stand dennoch schulterzuckend auf. »Genug Zeit, um alles herzurichten und zu sehen, was ich alles einkaufen muss. Dann bis später.«

»Okay, bye«, verabschiedete sich schließlich auch Tessa und Andrea machte sich auf den Weg zurück zur alten Dame.

Sie war sich nicht sicher, was sie von der jüngeren Australierin halten sollte. Es schien fast so, als hätte sie ein Auge auf Chris geworfen, oder war sie vielleicht sogar seine Freundin oder seine Ex?

Warum war das wichtig?

Mit einem Seufzen öffnete Andrea die Seitentür ihres Campers und musste erstaunt feststellen, dass der Innenraum des Wagens nun bereits wärmer war als draußen. Also begann sie erst einmal alle Fenster und Luken zu öffnen. Glücklicherweise kam vom Meer eine angenehme Brise, mit deren Hilfe sie den Camper auslüften konnte.

Mindestens fünf Stunden musste sich Andrea jetzt beschäftigen, bis sie Betty anrufen konnte, also würde sie einfach damit anfangen, das Bett fertigzumachen, etwas zu putzen, ein paar Kleidungsstücke zu waschen und schließlich an ihrem Laptop Fotos auszusuchen, die sie auf den sozialen Medien veröffentlichen würde.

Als Andrea mit dem Aufhängen der Wäsche fertig war, holte sie aus dem Innenraum ihren Laptop und setzte sich in ihren Klappstuhl.

Es würde noch etwas dauern, bis sie ihre beste Freundin anrufen konnte, daher waren nun die Fotos an der Reihe. Allerdings war es in der Sonne des frühen Nachmittags definitiv zu heiß, dass sie noch einmal in den Camper zurückkehrte, um sich mit Sonnencreme einzuschmieren und den Sonnenschirm zu holen, den Andrea zufällig am Straßenrand gefunden hatte. Sie band ihn gerade geübt an ihren Klappstuhl, als ein fremder Schatten neben ihr erschien.

»Hey!«, grüßte sie Chris, dessen Stimme Andrea seltsamerweise schon wiedererkannte.

»Hi!«, lächelte sie den gut aussehenden Australier an und versuchte ihr plötzlich klopfendes Herz zu ignorieren.

Seine Begleitung half dabei. Neben Chris standen zwei weitere, recht gut aussehende Männer, die beide in Chris' Alter zu sein schienen.

»Das sind Jordan und Tony«, stellte Chris seine Begleiter vor. »Das ist Andrea.«

Es entging ihr nicht, dass Chris sie immer noch bei ihrem eigentlichen Namen nannte.

»Hallo«, begrüßte sie die beiden braun gebrannten Surfer, die sie sofort an den Film *Gefährliche Brandung* erinnerten – warum auch immer.

Jordan und Tony erwiderten die Begrüßung mit einem etwas zu breiten Grinsen. Hatte sie was verpasst? Oder noch schlimmer: Hatte sie noch Sonnencreme an einer unpassenden Stelle im Gesicht?

»Dann bis gleich!«, verabschiedeten sich die beiden Freunde von Chris plötzlich und wandten sich ab.

»Miriam meinte eben zu mir, du bräuchtest eine Mitfahrgelegenheit zum Supermarkt?«, erkundigte sich Chris. »Ich wollte gleich Bier holen, dann könnte ich dich danach hinfahren, wenn du willst.«

Wieder pochte das Herz in Andreas Brust und dieses Mal konnte sie es kaum ignorieren.

»Ich denke, ich werde etwas länger zum Einkaufen brauchen«, dachte sie zunächst laut. »Wie wäre es, wenn du mich zuerst hinfährst, das Bier holst und mich dann abholst? Dann habe ich genug Zeit, mich umzusehen.«

»So machen wir das!«, nickte Chris zustimmend.

Aus irgendeinem Grund hatte Andrea erwartet, dass er einen anderen Vorschlag machen würde. Sie war es von ihrem verstorbenen Mann wohl nicht anders gewohnt.

Chris wandte sich nicht zum Gehen, sondern schien auf sie zu warten.

»Jetzt sofort?«, fragte sie unsicher und musste ob seiner Spontanität schmunzeln.

»Hast du was vor?«, wunderte sich Chris.

»Ich wollte Fotos sortieren und hochladen, bis ich meine Freundin anrufen kann«, erklärte Andrea und warf einen Blick auf die Uhr. »In Deutschland ist es gerade sechs Uhr morgens.«

»Dann passt es ja«, meinte Chris und erkannte, dass sie noch nicht ganz bereit war.

Irgendwie schien ihn das zu amüsieren, aber auf eine ganz sympathische Art und Weise.

»Wir werden ja noch eine Weile brauchen, bis das Essen vom Grill fertig ist«, erklärte Chris. »Solange hast du Zeit zum Telefonieren und Fotos sortieren.«

»Okay!«, entgegnete Andrea kurz entschlossen und nahm ihren Laptop vom Sitz des Klappstuhls, um ihn in ihren Camper zu bringen. »Ich muss nur ein paar Taschen zusammensuchen.«

»Nicht nötig«, lachte Chris und das Geräusch ließ Schmetterlinge in ihrem Bauch tanzen. »Ich habe einen Anhänger.«

Andrea legte den Laptop auf dem nächstbesten Platz im Camper ab und drehte sich zu ihm um.

»Das ist ungemein praktisch«, kommentierte sie.

»Richtig.« Chris grinste breit und steckte Andrea damit an.

»Ich brauche ein paar Minuten«, entschuldigte sie sich plötzlich. »Ich muss mein Portemonnaie suchen und kurz schauen, was ich alles brauche.«

»Kein Problem«, sagte Chris. »Ich komme dich gleich abholen.«

In Wirklichkeit musste Andrea durchatmen. Kaum war sie eingestiegen, setzte sie sich erst einmal hin. Ein Teil von ihr genoss dieses Gefühl, was Chris in ihr verursachte. Andrea fühlte sich fast wie ein Teenager.

Aber war das richtig?

War es dafür nicht viel zu früh?

Auch wenn ihre Ehe nicht mehr voller Liebe und Leidenschaft gewesen war, so hatte das doch nur an der vielen Arbeit und den Kindern gelegen. Sebastian und sie hatten schlicht und ergreifend kaum noch Zeit füreinander gehabt. Sicherlich hätte sich einiges wieder eingerenkt – oder nicht?

Jetzt diese Empfindungen zu haben, fühlte sich falsch an. Fast schon, nein, ganz genau so, als würde sie ihrem Mann fremdgehen. Es war nicht einmal ein Jahr vergangen, seitdem Andrea ihre Familie beerdigt hatte. Sollte sie nicht noch immer in Trauer versunken sein? Oder durfte sie sich diese Schwärmerei erlauben?

Immerhin erlaubten sich einige ihrer Freundinnen hin und wieder für einen Schauspieler oder Sänger zu schwärmen, obwohl sie in einer Beziehung waren.

Zumindest das sollte dann doch wohl erlaubt sein. Davon abgesehen, war Chris ganz bestimmt jünger als Andrea, also würde sie nicht Gefahr laufen, dass mehr würde entstehen können. Das war in gewisser Weise doch eine Beruhigung für Andrea.

Als sie sich entspannte wurde Andrea plötzlich bewusst, dass sie eines der wenigen gerahmten Fotos in den Händen hielt, welches ihren Mann Sebastian und ihre Kinder zeigte. Sofort wurde ihr Herz schwer. Ihr Ehemann hatte es vielleicht nicht so sehr mit Reisen gehabt und nicht verstehen können, was Andrea daran reizte, mit einem Campingwagen durch Neuseeland zu fahren, aber die Kinder hätten dieses Abenteuer geliebt.

Tief durchatmend stellte Andrea das Foto zur Seite. Sie hatte es mitgenommen, um ihre Familie nicht zu vergessen, aber nicht, um sich von dem Anblick herunterziehen zu lassen. Zu viel Zeit hatte sie damit verbracht, von ihrer Trauer gelähmt zu sein. Sie war sich sicher, dass ihre Kinder für sie glücklich wären und vielleicht sogar ein wenig stolz.

Andrea stellte sich vor, es wäre ein paar Jahre in der Zukunft und ihre Lieblinge hätten begonnen, auf eigenen Beinen zu stehen. Sie war sich sicher, dass ihre Kinder eher begeistert von der spontanen Entscheidung ihrer Mama gewesen wären.

Aus irgendeinem Grund kam ihr Mann Sebastian nicht in dieser Vorstellung vor.

KAPITEL 3

Als es jäh an der Tür der alten Dame klopfte, zuckte Andrea unwillkürlich zusammen und erinnerte sich sofort daran, dass es Chris sein musste. Sie war doch tatsächlich mit dem zweitliebsten Stofftier ihres Sohnes in den Händen eingenickt!

Schnell sprang Andrea auf die Füße und öffnete die Tür vorsichtig, bedacht darauf, sie nicht in Chris' so ansehnliches Gesicht zu rammen. Er begrüßte sie mit einem breiten Grinsen, das ihren Körper zum Kribbeln brachte.

»Hi«, begrüßte sie ihn, denn zu mehr war sie in dem Moment einfach nicht in der Lage.

»Hi«, erwiderte er und natürlich fiel sein Blick auf das verschlissene Stofftier. »Das ist ja niedlich, ist das eine Robbe?«, erkundigte er sich sofort.

»Ja«, bestätigte Andrea und fühlte sich, als würde sich ein eisiger Griff um ihr Herz legen. »Es gehörte Jannick, meinem Sohn.«

»Oh«, brachte Chris heraus und sie konnte ihm ansehen, dass er sofort eins und eins zusammenzählte. »Das tut mir leid«, fügte er nach einem Moment hinzu.

»Schon okay«, erklärte Andrea, zwang sich zu einem Lächeln und legte das Stofftier behutsam weg.

Dann nahm sie sich ihr Portemonnaie und trat aus dem Camper, um ihn abzuschließen. Dem Schmunzeln auf Chris' Gesicht zu urteilen, wäre das wohl nicht nötig gewesen. Tatsächlich hatte Andrea den Eindruck, als würde das Sprichwort ›Gelegenheit macht Diebe‹ in Neuseeland nicht zutreffen. Lächelnd zuckte sie mit den Schultern und nahm den altmodisch wirkenden Motorradhelm, der ihr Gesicht freiließ, entgegen.

»Sicherheit geht vor«, sagte Chris, zwinkerte ihr zu und war offensichtlich ein wenig überrascht, dass es ihr problemlos gelang, die Schnalle unter ihrem Kinn zu befestigen. »Dann mal los«, verkündete er, nickte ihr zu und führte sie zu seinem Motorrad, an dem tatsächlich eine kleine Kiste mit zwei Rädern an einer langen Stange befestigt war.

Das Zweirad war vom Stil her eher altmodisch. Andrea kannte sich nicht gut genug damit aus, um zu wissen, welche Marke es war. In jedem Fall war es keine dieser Rennmaschinen. Darüber hinaus war es in einem sehr guten, gepflegten Zustand. Das beruhigte sie ein wenig, was den Anhänger betraf. An ihm war sogar ein Nummernschild befestigt. Alles schien also seine Richtigkeit zu haben.

»Bist du soweit?«, fragte Chris und riss Andrea aus ihrer Inspektion.

Schnell nickte sie lächelnd und wurde von dem Effekt, den Chris' Grinsen auf sie hatte mit voller Wucht erfasst. Ihr wurde doch nicht etwa schwindelig?

Während Andrea das Motorrad und den Anhänger begutachtete, hatte sich der Australier bereits auf seinen ›Feuerstuhl‹ gesetzt.

»Ich brauche dir sicherlich nicht zu sagen, dass du dich gut festhalten musst, oder?«, fragte Chris, der sich über seine Wirkung auf sie wohl nicht bewusst zu sein schien.

Das war dann doch ein wenig beruhigend.

»Natürlich«, gab sie zuversichtlich zurück, setzte sich auf das Motorrad, legte die Hände, ohne zu zögern, auf Chris' Schultern und suchte nach einer Stelle, auf die sie ihre Füße setzen konnte.

»Weiter hinten«, wies Chris sie ein und Andrea erkannte, dass es tatsächlich die beiden Flächen waren, die sie für zu klein gehalten hatte. »Richtig«, bestätigte er und brachte den Motor unter ihnen ins Leben, was Andrea dazu brachte, instinktiv ihre Arme um Chris' Bauch zu schlingen und ihre Brust gegen seinen Rücken zu pressen.

Als sie bemerkte, was sie da tat, war es ihr zu peinlich, den Griff schnell wieder zu lockern. Aber sie wusste nur zu gut, dass dies lediglich eine Ausrede war. Nicht im Geringsten dachte sie dran, von diesem athletischen Körper abzurücken, wenn diese Fahrt die einzige Möglichkeit sein würde, ihn ungeniert zu berühren. Und wer wusste es schon? Vielleicht war es sogar Chris' Absicht gewesen, sie zu dieser Reaktion zu bringen. Die Vorstellung brachte sie zum Grinsen.

Sehr zu Andreas Überraschung fuhr Chris sehr sanft mit dem Motorrad an, sodass kein Ruck durch ihren Körper fuhr. Er durchquerte den Stellplatz mit Schrittgeschwindigkeit und hielt schließlich an der Hauptstraße an, um Ausschau zu halten.

»Ich werde nicht sehr schnell fahren«, erklärte er und drehte Andrea seinen Kopf dabei kaum zu. »Das geht allein wegen des Anhängers nicht. Sollte es dir dennoch zu schnell gehen, klopf mir auf den Bauch.«

»Alles klar!«, rief sie aufgeregt zurück.

Andrea konnte spüren, wie das Adrenalin durch ihren Körper fuhr, aber sie hatte keine Angst. Damals, als sie Sebastian an der Uni kennenlernte, war er auch Motorrad gefahren. Ihr Mann hatte sie immer auf der Maschine mitgenommen, wenn sie gemeinsam etwas unternahmen, und es hatte ihr jedes Mal Spaß gemacht. Allerdings hatte Andrea sich nie getraut, selbst einen Motorradführerschein zu machen, ihre Eltern waren strikt dagegen gewesen. Selbst wenn sie allen Mut zusammengenommen und gegen ihre Eltern rebelliert hätte, so war es ihr finanziell nicht möglich gewesen, selbst den Führerschein zu bezahlen.

Nachdem Sebastian und sie geheiratet und er seinen neuen Job erhalten hatte, gab er das Motorradfahren schließlich auf. Vielleicht war dies das erste Warnzeichen in ihrer Beziehung gewesen. Jetzt erst wurde Andrea klar, wie sehr sie die Ausflüge mit dem Motorrad vermisst hatte.

Wie Chris bereits angekündigt hatte, fuhr er nicht besonders schnell und sie begriff sofort, warum, denn sie konnte das Wippen des leeren Anhängers unter ihrem Po spüren. Das erinnerte Andrea daran, dass es so etwas wie Pfandflaschen in Neuseeland nicht gab.

Mit solchen Gedanken versuchte sie, sich davon abzulenken, dass sie Chris' Muskeln unter ihren Händen und an ihrer Brust spüren konnte. Das ›Schlimmste‹ war jedoch der Duft, der von ihm ausging und dieses kribbelnde Gefühl in ihr nur verstärkte.

Konnte es sein, dass Chris wegen ihr extra noch einmal geduscht hatte? Oder zumindest Deo oder gar ein Parfum aufgetragen hatte? Der Gedanke ließ sie wieder einmal schwindelig werden. Nein, das war sicher einfach nur seine Art, wenn er irgendwo hinging.

Bevor Andrea sich davon abhalten konnte, sog sie wieder diesen wunderbaren Duft ein und gab einen lautlosen Seufzer von sich. Chris roch nach Frische und dazu versteckte sich ein sinnlicheres, schwereres Aroma in diesem Geruch. Allerdings war es nicht zu schwer. Es war gerade zu perfekt.

»Geht es dir gut da hinten?«, fragte Chris und riss sie damit aus ihrer wohligen Trance.

Andrea musste sich räuspern.

»Alles super!«, erwiderte sie und bemühte sich, möglichst fröhlich rüberzukommen.

Schnell warf sie einen Blick auf Chris' Shirt, als sie plötzlich Panik bekam, sie könnte gesabbert haben.

Was für ein Unsinn. Natürlich war da nichts. Das war der Zeitpunkt, zu dem sie sich eingestehen musste, dass ihre Gedanken in Chris' Nähe ganz eindeutig ein wenig wirr wurden. Andrea konnte nicht verhindern, breit zu grinsen. Glücklicherweise schaffte sie es noch rechtzeitig, ein kindisches Kichern zu unterdrücken.

Sie fühlte sich wie ein Teenager, das Letzte, was sie wollte, war, sich wie einer aufzuführen. Immerhin war sie jenseits der vierzig und dazu noch eine gestandene, unabhängige Frau! Allerdings musste sie zugeben, dass es sich dennoch gut anfühlte. Es war sicherlich nichts Verfängliches daran, diesen Moment zu genießen. Gerade, als sie dies mit sich vereinbart hatte, kam das Motorrad vor einem Supermarkt zum Stehen und Chris schaltete den Motor aus.

Wieder musste sie ein Seufzen unterdrücken und ermahnte sich, ihre Umklammerung von Chris Körper schnell zu lösen. Nicht, dass ihm noch unbehaglich in ihrer Nähe wurde.

Erst als Andrea mit beiden Beinen fest auf dem Boden stand, setzte sich der gut aussehende Australier in Bewegung und brachte den Motorradständer in die richtige Position. Dann zog er den Schlüssel ab und saß auch von dem Zweirad ab.

»Die Einkaufswagen sind um die Ecke«, erklärte Chris und deutete in die entsprechende Richtung.

Andrea nickte sofort und wollte loslaufen, als sie ihre Begleitung leise lachen hörte.

Ohne zu wissen, ob sie empört oder besorgt sein sollte, drehte sie sich verwirrt zu Chris um, nur um von seinem entwaffnenden Grinsen fast umgehauen zu werden. Andrea konnte regelrecht spüren, wie ihr Herz in der Brust zu tanzen begann.

»Hast du es immer so eilig, wenn du im Urlaub bist?«, fragte Chris amüsiert und sofort fing ihr Gesicht an zu glühen.

Verlegen suchte Andrea nach Worten, die sich erst fanden, als sie ihren Blick zum Boden brachte.

»Sorry«, fügte Chris offenbar hastig hinzu. »Ich wollte dich nicht in Verlegenheit bringen.«

»Schon okay«, erklärte Andrea und winkte ab.

Nun wagte sie es nicht mehr, ihn anzusehen, denn sie wusste, sie würde augenblicklich wieder rot werden. Um diese Peinlichkeit zu verbergen, drehte sie sich um und führte ihren Weg zu den Einkaufswagen fort. Chris schloss schnell zu ihr auf und holte sich zeitgleich mit ihr einen Wagen aus der Schlange.

»Ich werde schnell Getränke holen und komme sofort zurück«, erklärte Chris.

»Nur keine Hektik«, gab Andrea lächelnd zurück. »Ich laufe nicht weg.«

»Gut zu wissen«, erwiderte Chris und zwinkerte ihr dabei zu.

Ihr Herz machte sofort wieder einen Sprung und sie beschloss, ihn einfach anzugrinsen.

Irrte sie sich, oder war er jetzt sprachlos?

Schließlich fuhren beide breit grinsend ihre Wagen in Richtung Eingang und selbstverständlich ließ Chris ihr mit einer Handbewegung den Vorrang.

»Bis gleich«, verabschiedete er sich, als sie den Durchgang zum Einkaufsbereich passierten.

Chris drehte nach links ab – wohl eine Abkürzung, während Andrea nach rechts abbog.

Sie würde in aller Ruhe jeden einzelnen Gang abfahren und ihren Wagen vollpacken, damit sie in den kommenden Wochen erst einmal versorgt sein würde. Allerdings konnte ihr die Hitze des Sommers einen Strich durch die Rechnung machen, denn ihr Kühlschrank war recht klein, und wenn sie keinen Strom anschließen konnte, würde er bald nicht mehr funktionieren. Also beschloss sie, von Kühlprodukten Abstand zu nehmen, und sich auf jede Art von haltbaren Produkten zu konzentrieren.

Andrea hatte keine Ahnung, wie viel Zeit wirklich vergangen war, als ihr Chris lächelnd in einem Gang entgegenkam und das mittlerweile bekannte Gefühl in ihrem Körper verursachte. Sie kam nicht umhin sein schönes Lächeln zu erwidern.

»Trinkst du keine Milch in deinem Kaffee?«, fragte er überrascht, nachdem er einen Blick in ihren halb gefüllten Einkaufswagen geworfen hatte.

»Doch«, gestand Andrea, »aber ich fürchte, meine Batterie macht nicht mehr lange mit und ich muss mich von meinem Kühlschrank verabschieden.«

»Du kannst Strom von mir haben«, erklärte Chris schulterzuckend. »Ich habe Solarzellen auf dem Dach. Damit ist man unabhängiger und bei dem Wetter reicht das locker für zwei.«

»Wirklich?«, hakte Andrea ungläubig nach, doch Chris' Gesichtsausdruck ließ keinerlei Zweifel offen. »Danke«, fügte sie flüsternd hinzu und spürte, wie sie schon wieder rot wurde.

Schnell blickte sie zur Seite und nahm wahr, wie Chris sie ansah. Nur zur Sicherheit versuchte sie ihn in den Augenwinkeln zu entdecken, um ihre Vermutung zu bestätigen.

»Gibt es etwas typisch Deutsches, was man bei dir zu Hause zu Weihnachten isst?«, wollte Chris plötzlich wissen und Andrea war dankbar, dass er ein Thema gefunden hatte, um die Stille zwischen ihnen zu durchbrechen.

»Bei uns war es Gans«, erwiderte sie sofort. »Aber es gibt auch welche, die essen Kartoffelsalat und dazu Wurst – ich kenne den richtigen Begriff nicht – Wurst, die man in heißem Wasser gart.«

»Interessant«, kommentierte Chris nachdenklich. »Das klingt alles nicht so, als könntest du es hier leicht kochen.«

Andrea musste lauthals lachen.

»Dazu hätte ich ehrlich gesagt auch keine Lust«, platzte es aus ihr heraus und Chris stimmte sofort in ihr Lachen mit ein.

Es war erfrischend, dass sich dieser charmante Australier keineswegs durch ihre Antwort vor den Kopf gestoßen fühlte und sogar mit ihr lachte. So ging es die gesamte Zeit, während er sie durch den Supermarkt begleitete. Chris war besonders an deutschem Essen interessiert und begann sogar nach den Begriffen in Andreas Muttersprache zu fragen.

Letzten Endes verbrachten sie die meiste Zeit damit über Essen zu reden.

»Bei deinem Aussehen hätte ich nie erraten, dass du gerne isst«, gestand Andrea plötzlich.

Ehe sie sich versah, waren die Worte aus ihrem Mund gepurzelt.

»Wirklich?« Chris spielte übertrieben überrascht. »Wie kommt's?« Um das Schauspiel auf die Spitze zu treiben, hob er einen Arm und spannte seinen Bizeps an. »Wirke ich wie einer dieser Gesund-essen-Gurus?«, fragte er und hob sein T-Shirt, als ob er nicht wüsste, dass darunter ein Sixpack verborgen war.

Andrea bekam Schnappatmung und schlug sich schnell die Hände vors Gesicht.

»Oh mein Gott«, wisperte sie auf Deutsch, doch die Bedeutung war für Chris unmissverständlich.

»Das habe ich verstanden!«, jubelte er.

Andrea lugte durch ihre Finger hindurch und konnte erleichtert feststellen, dass Chris sein T-Shirt losgelassen hatte.

»Du bist unmöglich!«, warf sie ihm vor.

Trotz aller Mühe misslang es Andrea, ein ernstes Gesicht zu machen, und musste laut loslachen. Chris honorierte ihr Gelächter mit einem Schmunzeln. Es schien ihm ganz klar zu gefallen, wenn sie lachte.

»Wenn man den ganzen Tag auf dem Surfbrett steht, verbraucht man glücklicherweise eine Menge an Kalorien«, gestand Chris. »Ich mache zu Hause viel Sport als Ausgleich zur Arbeit. Mein Aussehen ist an und für sich nur ein Nebeneffekt.«

»Ich hätte gerne auch so einen Körper einfach so als Nebeneffekt«, erklärte Andrea ein wenig neidisch.

»An deinem Körper ist absolut nichts auszusetzen, Andrea«, meinte Chris und wurde tatsächlich selbst ein wenig rot, als er erkannte, was er da so freimütig sagte.

»Danke.« Andrea lächelte verlegen und sah zur Seite, wieder zu schüchtern, um dem Blick des jüngeren Mannes zu begegnen. »Das hört man in meinem Alter gern.«

Sie konnte es sich einfach nicht verkneifen, diese Bemerkung hinzuzufügen. Ganz offensichtlich hatte Chris Gefallen an ihr gefunden. Es war nur fair ihn darauf hinzuweisen, wie alt sie war.

Wenn Andrea ehrlich zu sich selbst war, war sie einfach nur neugierig, wie er reagieren würde. Sicherlich würde Chris sie mit anderen Augen sehen, wenn er wüsste, dass sie älter als er war. Vielleicht war das auch besser so. Sie hatte erst kürzlich ihre Familie verloren. Es schickte sich nicht, so früh schon wieder zu flirten.

Warum hörte sie dann die letzten Worte in ihrem Kopf als würde ihre Mutter zu ihr sprechen?

»In deinem Alter?«, wiederholte Chris.

Er hatte den Köder geschluckt. Andrea wappnete sich im Stillen auf seine Reaktion.

»Ich bin Mitte vierzig«, verkündete sie und zuckte mit den Schultern, um die Bedeutsamkeit dieser Zahl zumindest zum Schein herunterzuspielen.

»Auf keinen Fall!«, rief Chris ungläubig aus. »Du nimmst mich auf den Arm.«

»Nein«, schüttelte Andrea langsam den Kopf und konnte das aufkeimende Grinsen kaum unterdrücken. »Willst du meinen Reisepass sehen?«, fragte sie, obwohl ihr klar war, dass Chris den Kopf schütteln würde.

»Wow«, sagte er und fügte das Offensichtliche hinzu. »Ich hätte dich jetzt auf mein Alter geschätzt.«

Andrea entgegnete nichts, sondern sah ihn voller Erwartung an.

»Oh«, meinte Chris und kratzte sich verlegen am Hinterkopf. »Ich bin Anfang dreißig.«

Nickend bestätigte sie, dass dies ihre Vermutung gewesen war, und machte sich bereit auf die peinliche Stille, die eigentlich hätte folgen müssen.

»Okay, was brauchst du als Nächstes?«, erkundigte sich Chris, als wäre die Altersfrage nichts anderes als ein weiteres Unterhaltungsthema zwischen ihnen gewesen.

Verblüfft schaute sie ihn an und er begegnete ihrem Blick mit einem weichen Lächeln.

Offensichtlich war das Thema für ihn mit diesem kurzen Austausch abgehakt und ganz egal was Andrea erwartete, in Chris' Gesicht zu sehen: Es war nicht da.

»Passierte Tomaten«, antwortete sie schließlich.

»Was?«, fragte Chris verwirrt und brachte sie damit zum Grinsen.

Für einen Moment hätte sie glauben können, dass sich dieser unglaubliche Mann beim Betrachten ihres Gesichts in Gedanken verloren hatte. Wieder sah er so aus, als würde er leicht rot werden, was ihn unglaublich niedlich in Andreas Augen machte.

»Die sind im nächsten Gang«, antwortete Chris schließlich und sie setzten sich in Bewegung.

Bei den passierten Tomaten angekommen, griffen die beiden das Thema Essen wieder auf und Chris legte sich regelrecht ins Zeug, um Andrea dazu zu bringen, etwas typisch Deutsches zu kochen.

»Glaub mir doch«, lachte sie kopfschüttelnd, »das schmeckt bei der Hitze nicht. In Deutschland grillen wir, wenn es so heiß wird.«

»Was ist mit diesem Kartoffelsalat?«, hakte Chris nach. »Wenn wir heute grillen, könnten wir das dazu essen, oder nicht?«

»Der liegt verdammt schwer im Magen«, erwiderte Andrea vorsichtig.

»Nun, wir werden heute nicht mehr surfen, also besteht da keine Gefahr«, gab Chris zurück, als wäre er in der Lage, ihre Gedanken zu lesen.

Das Letzte, was sie wollte, war, dass sich Jordan, Tony und Chris auf dem Surfboard übergaben.

Die Vorstellung allein ließ sie erschaudern.

»Also gut«, gab sie nach. »Dann müssen wir noch einmal zurück zur Mayonnaise.«

Kapitel 4

Mit einem prall gefüllten Einkaufswagen kamen Andrea und Chris schließlich an der Kasse an. Der charmante Australier hatte ihr versichert, dass er all ihre Einkäufe problemlos in seinem Anhänger würde unterbringen können, doch mittlerweile war sie sich dessen nicht mehr so sicher.

»Hey Chris!«, grüßte ihn der junge Kassierer, der mit Sicherheit ein gutes Stück jünger als ihre Begleitung war; ungefähr also in Tessas Alter. »Hast du endlich mal deine Freundin mitgebracht?«, fuhr der Mann ungeniert fort. »Wurde auch mal langsam Zeit. Drei Jahre lang hat sie sich gedrückt, nicht wahr? Womit hast du sie jetzt erpresst?«

Andrea spürte wieder die altbekannte Hitze in ihr Gesicht steigen. Dieses Mal jedoch warf sie ihren Blick nicht zu Boden, sondern hörte interessiert zu. Chris hatte also doch eine Freundin! Hatte sie es doch gewusst. Jemand mit Chris' Aussehen und Charme konnte unmöglich Single sein. Vielleicht war Tessa gar nicht eifersüchtig, sondern versuchte auf ihn zu achten?

»Sarah und ich haben uns vor einem halben Jahr getrennt«, entgegnete Chris trocken. »Das ist Andrea. Sie ist zum ersten Mal in Neuseeland.«

»Oh«, erwiderte der Kassierer ein wenig verlegen und wusste offenbar nicht mehr, wie er sich nun ihr gegenüber verhalten sollte.

Diese Aussage erleichterte Andrea ungemein und sie atmete die Luft, die sie unbemerkt angehalten hatte, wieder aus. Also war Chris doch kein Schwerenöter. Warum hatte sie sich darüber überhaupt gesorgt? Er hatte doch gar nicht so sehr mit ihr geflirtet.

»Andrea«, sagte Chris und riss sie aus ihren Gedanken. Während er sprach, machte sich wieder sein umwerfendes Grinsen auf seinem Gesicht breit. »Das ist Tommy. Er ist ein kleiner Dummschwätzer, aber ansonsten ein guter Kerl.«

»Hey!«, protestierte Tommy, aber er schien nicht wirklich gekränkt zu sein.

»Schön, dich kennenzulernen«, lächelte Andrea ihn freundlich an.

»Gleichfalls«, erwiderte er strahlend und lehnte sich ihr entgegen, um verschwörerisch hinzuzufügen: »Ganz ehrlich: Du solltest ihn dir schnappen. Er ist ein Sechser im Lotto.«

»Was tuschelt ihr da?«, warf Chris ein und spielte den Ahnungslosen, obwohl er Tommy zweifelsfrei verstanden haben musste, und Andrea lachte laut und herzlich.

Es war nicht zu leugnen, dass auch Tommy sie für jung genug hielt, um mit Chris zusammen zu sein.

»Nur ein kleiner Rat«, sprach Tommy grinsend.

»Aha, na dann«, spielte Chris weiter seine Rolle.

Andrea kam aus dem Kopfschütteln und Kichern gar nicht mehr raus. Auch wenn ihre Erziehung von ihr das Gegenteil verlangte, so genoss sie es doch, sich jung und begehrt zu fühlen. Es war viel zu lange her, dass sie so empfunden hatte. Andrea konnte sich gar nicht daran erinnern, ob sie sich jemals so während ihrer Beziehung und Ehe gefühlt hatte. Doch das lag sicherlich daran, dass bereits so viel Zeit vergangen war.

Während Tommy die Einkäufe über den Scanner zog, erkundigte er sich nach dem Wellengang von Piha Beach und natürlich auch, wie viele hübsche Frauen heute am Strand waren.

»Abgesehen von Andrea natürlich«, fügte der junge Mann schnell hinzu, was sie mit einem Zwinkern honorierte.

Das war eigentlich gar nicht ihre Art, aber Andrea hatte kein Problem damit, wenn sich das nun ändern würde. Kaum eine Woche, nachdem sie begonnen hatte mit der alten Dame durch Neuseeland zu fahren, war ein Gefühl der Erleichterung über sie gekommen. Jetzt allerdings, nach nur einem halben Tag an Piha Beach, fühlte sie sich regelrecht befreit und beschwingt.

So konnte es ewig weitergehen.

Nachdem sie bezahlt hatte, fuhren Chris und sie den Einkaufswagen zu seinem Motorrad. Während Andrea ihm die einzelnen Gegenstände anreichte, war es an Chris, sie nach und nach zu verstauen.

Voller Verblüffung ließ Andrea ihren Blick vom Einkaufswagen zurück zur rechteckigen Kiste springen, die nun von Chris mit einem lederartigen Tuch bedeckt und mit Gurten gesichert wurde.

»Es ist nichts anderes als Tetris«, erklärte er, als er ihren Gesichtsausdruck bemerkte und Andrea nickte beeindruckt.

»Das war mir immer zu hektisch«, gab sie zu.

Als Antwort erhielt sie von Chris nichts weiter als ein Lächeln, welches ihr nicht das Gefühl gab, dass ihre Aussage irgendeine negative Wirkung hatte.

»Ich bringe den Wagen weg«, verkündete Chris und umfasste die Griffstange, nicht ohne ihre Finger leicht zu streifen.

Er hätte sie genauso gut mit einem nackten Strom-Kabel berühren können. Beide starrten sich für einen Augenblick an, während dem die Welt sich selbst anzuhalten schien.

Andrea räusperte sich verlegen und zog schnell ihre Hände vom Einkaufswagen weg, um nach ihrem Helm zu greifen. Ihr Blick folgte nur einen Moment später. Trotzdem wirkte es so, als hätte Chris noch eine weitere Sekunde nötig, um sich in Bewegung zu setzen.

Wieder schlug Andreas Herz so wild, dass sie es sogar auf ihrer Zunge spüren konnte. So sehr sie es auch versuchte, sie schaffte es nicht, das blöde Grinsen aus ihrem Gesicht zu verbannen. Nicht einmal, als sie an ihre Kinder dachte.

Vielmehr noch konnte sie ihr Gelächter hören und sogar ihre hell klingenden Stimmen, als sie ›Mama ist verliebt!‹ riefen.

War sie das? Wohl kaum! Wie auch? Sie kannte den Australier so kurz, dass sie absolut nichts von ihm wusste. Nicht einmal seinen Nachnamen. Nur, dass er und seine Freundin Sarah sich vor einem halben Jahr getrennt hatten. Fast zur selben Zeit, zu der der Unfall geschehen war.

Als Andrea Schritte hörte, wandte sie sich wieder der Richtung zu, aus der Chris kommen würde. Im gleichen Moment lief eine Gruppe Männer an ihr vorbei, die kaum ihre Aufmerksamkeit erregt hätten, wenn sie nicht Deutsch sprechen würden. Automatisch sah sie den Vieren hinterher, doch es war ihr schnell klar, dass sie diese Männer nicht kannte.

Es war seltsam, auf diese Art ihre Muttersprache zu hören. Die letzten zwei Monate hatte sie zwar viele Nachrichten in Deutsch verfasst und ein paar Mal mit Betty telefoniert und einmal mit ihrer Mutter sowie ihrer Schwester, aber das war es auch schon.

Auch Chris blickte den Männern hinterher, wohl, weil Andrea es getan hatte.

»Das war Deutsch, oder?«, fragte er sie und sie bestätigte dies sofort mit einem Lächeln.

»Klingt irgendwie seltsam«, gestand Andrea mit einem Schmunzeln. »Aber ich glaube, sie kommen auch nicht aus der gleichen Gegend wie ich.«

»Wollen wir?«, erkundigte sich Chris und nahm seinen Helm vom Lenkrad.

Ganz offensichtlich hatte er bemerkt, dass sie sich nicht großartig für die vier Deutschen interessierte und beschlossen, dass es ihm deshalb genauso ging. Andrea genoss es, dass Chris es wenig dramatisch zu nehmen schien und Dingen keine Bedeutung beimaß, die in Wirklichkeit bedeutungslos waren.

»Klar«, bestätigte sie lächelnd und setzte sich ihren Helm auf.

Sobald Chris auf seinem Motorrad saß, sattelte sie hinter ihm auf und rückte wieder nah genug an ihn ran, dass sie die Bewegungen seiner Rückenmuskulatur gegen ihre Brust spüren konnte. Als er den Motor der Maschine anwarf, erlaubte Andrea sich, einen Seufzer loszulassen. Behutsam lenkte Chris das Motorrad mit Anhänger im langsamen Tempo über den Parkplatz. An der Straße angekommen, hielt er an, um den Verkehr abzuwarten, und Andreas Gedanken wanderten wie von selbst wieder zu dem, was Tommy gesagt hatte.

Drei Jahre lang hatte sich Sarah anscheinend davor gedrückt mit nach Neuseeland zu kommen. Warum nur hatte sie dieses wunderschöne Land nicht bereisen wollen? Und wenn es nur Piha Beach war?

Oder war sie vor diesen drei Jahren jemals mitgekommen und Tommy kannte sie nicht, weil er davor nicht im Supermarkt gearbeitet hatte?

Warum interessierte sie das überhaupt?

Mit Chris beflügelndem Duft in der Nase und dem Wind, der ihr durch die Kleidung und die Haare fuhr, erlaubte sich Andrea, die Augen zu schließen und die Fahrt zu genießen. Sie fühlte sich fast so, als wäre sie all die Jahre zurück zu dem Moment gereist, in dem der Traum in ihr erwacht war, durch Neuseeland zu reisen. Doch trotzdem war es nicht ihr verstorbener Mann, der vor ihr auf dem Motorrad saß und das lag nicht einfach nur an dem weichen Aroma, das von Chris ausging.

Wieder begann ihr Herz zu klopfen und abermals konnte sie nicht anders als zu grinsen. Für einen kurzen Moment war ihr Kopf leer und ihr Herz leicht. Dann hörte sie, wie der Motor leiser wurde und das Tempo nachließ. Sie waren am Stellplatz angekommen.

»Gott, ich habe das Motorradfahren vermisst«, gestand sie Chris und ein leiser Hoffnungsschimmer verbarg sich in ihren Worten.

»Ich dachte, du kannst nicht fahren?«, erwiderte der Australier verwirrt.

»Kann ich auch nicht«, erklärte Andrea. »Ich bin immer bei meinem Mann mitgefahren, als wir noch auf der Uni waren. Und das hat immer Spaß gemacht.«

»Dein Mann?«, wiederholte Chris und es klang eine Emotion in der Stimme des sonst so fröhlichen Mannes mit, die sie nicht einzuordnen vermochte.

»Mein verstorbener Mann«, ergänzte sie bedrückt.

»Oh«, war alles, was Chris zunächst äußerte, bis er die Wahrheit erkannte. »Oh man.«

»Es war ein Autounfall«, sprach Andrea das erste Mal wirklich über das Ereignis. »Vor ungefähr einem halben Jahr. Ich war nicht bei ihnen, als es geschah. Die Kinder waren sofort tot. Ich weiß nicht, warum ich dir das erzähle.«

Andrea schluckte gegen den Frosch in ihrem Hals an und gegen die Tränen in den Augen, während Chris das Motorrad vor der alten Dame zum Stehen brachte. Automatisch stieg sie ab und nahm ihren Helm vom Kopf, um ihn auf den Sitz zu stellen.

Ehe sie sich versah, fand sie sich in einer festen Umarmung wieder, umgeben von Chris' Wärme. Er hielt sie einfach fest. Plötzlich war ihr nicht mehr nach Weinen zumute. Tief sog sie den betörenden, aber doch beruhigenden Duft des jüngeren Mannes ein und stieß einen tiefen Seufzer aus.

»Danke«, murmelte sie gegen seine Brust und die Umarmung wurde gelöst.

Verlegen trat Chris zurück und entschuldigte sich mit einem halblauten »Sorry.«

»Nein«, widersprach Andrea mit einem Lächeln. »Das hat gut getan und war wirklich sehr süß von dir.«

»Jederzeit wieder«, entgegnete Chris sofort und vollkommen ohne Doppeldeutigkeit dahinter, bis auf seinem Gesicht die Erkenntnis dämmerte und sein unschuldiges Lächeln zu einem schelmischen Grinsen wurde.

Das war ganz und gar offenes Flirten!

»Eh, okay, gut«, stammelte Andrea und drehte sich, so schnell es ging, zum Anhänger um und griff nach den Gurten, um diese zu lösen.

»Vorsichtig«, meinte Chris lachend. »Lass mich das machen. Die sind sehr stark auf Spannung. Ich will nicht, dass du dich verletzt.«

Sofort hob Andrea die Hände und trat zurück, so wie sie es schon unzählige Male getan hatte, sobald sich Sebastian über ihre Handhabung von Dingen lauthals beschwerte. Das Ganze saß bereits so tief, dass es eine instinktive Reaktion von ihr war. Dabei konnte Andrea spüren, dass es Chris verwirrte.

»Alles gut«, sprach er daraufhin sanft. »Du hast nichts falsch gemacht.« Schon wieder schien er in der Lage zu sein, zu wissen, wie sie empfand.

Das war schon ein wenig seltsam. Seltsam schön.

»Hey!«, drang eine junge Frauenstimme zu ihnen und Andrea musste sich nicht umdrehen, um zu wissen, dass es Tessa war.

Gerade, als Andrea zur Antwort ansetzte, ergriff Chris das Wort und wandte sich dabei zu der jungen Frau um. Aus den Augenwinkeln konnte Andrea bereits sehen, wie Tessa Chris anhimmelte und ihr vermutlich süßestes Lächeln aufsetzte.

»Klar«, sprach er freundlich, aber mit einer gewissen Distanz. »Du kannst mir beim Auspacken helfen und die Sachen in Andreas Camper bringen, damit sie nur noch einräumen muss. Lieb von dir.«

Der leichten Gesichtsentgleisung Tessas zufolge war das nicht unbedingt das, was sie erwartet hatte. Für einen kurzen Augenblick war Andrea gewillt, zu sagen, dass dies nicht wirklich notwendig sei, aber irgendetwas hielt sie davon ab.

»Oh, das wäre wirklich super«, pflichtete sie Chris bei und richtete sich an Tessa, bevor sie zur Tür ihres Campers ging, um diesen aufzuschließen. »Danke sehr.«

Andrea konnte sich nicht helfen, doch sie begann eine gewisse Antipathie für diese Frau zu entwickeln. Dies lag sicherlich daran, weil sie Chris diese Blicke zuwarf, obwohl er offensichtlich kein Interesse an ihr hatte. Genau in dem Moment, als sie in ihren Camper einstieg, fiel ihr ein, dass es Tessas Schwärmerei für Chris nicht unbedingt abträglich war, sie mit ihm in gewisser Weise allein zu lassen. Allerdings war er es gewesen, der vorgeschlagen hatte, dass Andrea schon einmal vorging.

Im Camper selbst war es mittlerweile etwas kühler, was zum einen an den offenen Fenstern und Luken lag, aber auch, dass alle Vorhänge und Jalousien noch immer unten waren. Jetzt jedoch benötigte Andrea Licht, um ihre Einkäufe einräumen zu können. Schon bei der Bestandsaufnahme einige Stunden zuvor hatte sie die Schränke aufgeräumt und sauber gemacht, sodass sie nun nur noch alles einsortieren musste.

»Hier«, platzte Tessa herein und stellte das, was sie mitgebracht hatte einfach auf die oberste Stufe.

»Super«, erwiderte Andrea und hielt sie davon ab, sich abzuwenden, und streckte eine Hand zu ihr aus, ganz so, als habe Tessa von Anfang an vorgehabt, ihr die Konserven anzureichen.

Das Gesicht der jungen Frau wurde länger, aber sie trat auf die erste Stufe und hielt Andrea die erste Dose entgegen und dann die zweite. Das ging einige Male so, bis sie plötzlich meinte, ihren Bruder zu hören und sich aus dem Staub zu machen.

Als Chris zu ihr in den Wagen kam, kommentierte Andrea Tessas Verhalten nicht und er wirkte auch nicht so, als würde er darauf eingehen wollen.

»Hier«, sagte er, als er sein Transportgut bei ihr auf der Arbeitsfläche abstellte. »Es kommt noch eine Fuhre und dann sind wir fertig.«

»Super. Danke schön«, erwiderte Andrea und sah zu ihm auf, um ihn anzulächeln.

Dabei stellte sie fest, dass er sehr nah bei ihr stand. Sehr nahe. Das war sicherlich einfach nur der Enge des Campingwagens geschuldet, doch das stoppte nicht den wohligen Schauer, den seine Nähe durch ihren Körper jagte.

Schnell packte sie die erste Dose und fuhr unbeirrt fort, ihre Schränke vollzupacken. Chris verließ daraufhin den Camper. Sicherlich hatte er nicht das Gleiche empfunden wie sie. Oder hatte ihr Verhalten ihn verschreckt, gerade so, als wäre da nichts zwischen ihnen?

Warum sorgte sie das?

Gerade als sie das letzte Paket Lebensmittel an die ihm zugedachte Stelle gestellt hatte, kam Chris mit den beiden Säcken Kartoffeln und stellte sie wieder auf die nun freie Arbeitsfläche.

»Ich werde jetzt den Anhänger und das Motorrad beiseite rollen«, erklärte er ihr. »Kommst du klar?«

Automatisch blicke Andrea auf und sah ihm direkt in die Augen. Er stand erneut so nahe bei ihr, dass sein Duft sich wie ein Umhang um sie legte. Das erinnerte sie an seine Umarmung und entfachte den Wunsch, dass er es wieder tun würde.

Nur jetzt gab es keinen Grund dafür.

»Ja, danke«, sprach Andrea so weich, dass es fast ein Flüstern war.

Zwischen Chris' Augenbrauen zeichnete sich ganz plötzlich eine Falte ab, so wie es immer geschah, wenn er verwirrt war. Schon seltsam, dass Andrea dies bereits wusste.

»Es hat Spaß gemacht«, fügte sie schnell hinzu. »Alles, das Motorradfahren, das Einkaufen mit dir. Also danke. Auch für die Umarmung.«

Chris lächelte und wirkte fast so, als würde er sich zu ihr lehnen wollen, um was auch immer zu tun, aber er besann sich eines Besseren und nahm die erste Stufe, wodurch er nun genauso groß war wie Andrea.

»Dann bis nachher.« Er drehte ihr seinen Kopf zu. »Ich schnappe mir gleich auch dein Stromkabel, da musst du dir um den Strom keine Sorgen machen.«

»Danke, das ist sehr lieb von dir«, sagte sie mit einem breiteren Lächeln.

»Für dich immer«, gab Chris zurück, und diesmal war es Andrea, die grinste.

»Gut zu wissen«, meinte sie und zwinkerte ihm zu, worauf er mit einer Mischung aus Schalk und Charme schmunzelte und ging.

KAPITEL 5

Es waren nur noch wenige Stunden, bis Chris und seine Freunde grillen würden. Dann – so hatte Andrea Chris versprochen – würde sie mit Kartoffelsalat aufwarten. Bis dahin mussten die Kartoffeln geschält, gekocht und abgekühlt sein, also machte sie sich mit dem Schälmesser ans Werk, sobald sie Bettys Nummer gewählt und den Lautsprecher aktiviert hatte.

Ihre beste Freundin saß nun höchstwahrscheinlich am Küchentisch und genoss ihren Kaffee.

»Andrea!«, jubelte Betty sofort ins Telefon, dass ihre Stimme den Campingwagen fast schon zum Vibrieren brachte. »Ich dachte schon, du rufst gar nicht mehr an.«

Andrea musste vor Überraschung lachen.

»Es ist doch erst kurz nach sieben in der Früh, oder?«, sagte sie ungläubig.

»Ja, genau«, entgegnete Betty. »Normalerweise ist es Punkt halb sieben, wenn du anrufst. Was ist passiert? Erzähl! Ist alles in Ordnung mit dir? Bist du krank?«

»Warum muss es denn direkt etwas Schlimmes sein?«, wollte Andrea wissen.

»Also ist es etwas Gutes?«, schlussfolgerte Betty sofort. »Hast du etwa jemanden kennengelernt?«

Ihrer besten Freundin entging nichts!

Völlig überrumpelt suchte Andrea nach Worten, die sich nicht finden lassen wollten.

»Oh mein Gott, wirklich?«, konnte es Betty kaum fassen. »Erzähl, erzähl, erzähl!«

»Ach, es ist nur ein Flirt«, antwortete Andrea und versuchte ihre Gefühle wie immer herunterzuspielen.

»Nur ein Flirt?«, wiederholte Betty und klang dabei wesentlich ernster.

»Ich habe ihn gerade erst kennengelernt und er ist um die zwölf Jahre jünger als ich, also ja«, erklärte Andrea. »Faktisch gesehen, nur ein Flirt.«

»Und wenn schon, dann ist er zwölf Jahre jünger«, gab Betty sofort zurück. »In eurem Alter ist das doch gar nichts. Dreißig und vierundvierzig sind ein paar Jahre. Du bist keine zwanzig und er ist nicht acht.«

»Ich habe dir noch nichts von ihm erzählt und schon setzt du dich für ihn ein«, erwiderte Andrea ein wenig ungläubig.

»Wenn er dein Herz höherschlagen lässt, dann muss er schon eine 1-A-Sahneschnitte sein, denn die Andrea, die ich kenne, würde in ihrem Zustand weder rechts noch links schauen, weil es sich nicht schickt«, argumentierte ihre beste Freundin.

»Bin ich so schlimm?«, sprach Andrea kleinlaut.

»Nein, deine Eltern sind so schlimm«, entgegnete Betty. »Wenn du ihre strenge Erziehung wegen einem Kerl über Bord wirfst, ist er mir direkt sympathisch.«

Für einen Moment war Andrea wieder sprachlos, denn ihre beste Freundin hatte recht. In allem, was sie tat, überlegte sie zumeist erst, was ihre Eltern davon halten würden. Viele Entscheidungen in ihrem Leben hatte sie vor diesem Hintergrund getroffen.

»Sein Name ist Chris«, sagte Andrea schließlich. »Seinen Nachnamen kenne ich nicht einmal, nur dass seine Freundin Sarah und er sich vor einem halben Jahr getrennt haben. Aber das habe ich nur erfahren, weil der Kassierer im Supermarkt mich für seine Freundin gehalten hat.«

»Wow, Moment, was?« Betty kam ganz klar nicht hinterher. »Supermarkt?«

»Chris hat mir hier an Piha Beach einen Stellplatz organisiert, den seines älteren Bruders Mick, um genau zu sein«, begann Andrea zu erzählen. »Weil aber der Supermarkt zu Fuß zu weit ist, hat er mich auf seinem Motorrad mitgenommen und mir seinen Anhänger für ebendieses Motorrad zur Verfügung gestellt.«

»Motorrad, aha«, kommentierte Betty und Andrea konnte sie durchs Telefon grinsen hören.

»Als Dankeschön mache ich jetzt für ihn und seine Freunde deutschen Kartoffelsalat«, fuhr Andrea fort. »Es stellt sich heraus, dass er sehr gerne isst.«

»Andrea«, mahnte ihre beste Freundin und ihr war klar, was Betty wirklich wissen wollte.

»Er und seine Freunde sind hier zum Surfen, du kannst dir vorstellen, wie er aussieht«, ergänzte sie.

»Gefährliche Brandung mit Keanu Reeves und Patrick Swayze«, seufzte Betty.

»Das sind seine Freunde Jordan und Tony«, sagte Andrea mit einem Grinsen, denn sie wusste schon, wie ihre beste Freundin reagieren würde.

»Nicht dein Ernst«, jammerte sie fast schon.

»Chris ist das Beste von beiden«, fügte sie hinzu. »Und ja, er hat dieses Sportlerkreuz und dazu noch ein schönes Sixpack. Nicht zu viel, nicht zu wenig.«

»Mensch, deine Bestellung ans Universum kam zu spät und auf dem falschen Kontinent an«, sinnierte Betty und brachte ihre beste Freundin zum Lachen.

»So könnte man es auch sehen«, stimmte Andrea zu, und wagte zum ersten Mal wirklich mit ihren Gedanken in diese Richtung zu gehen, was sie dazu brachte, Betty gegenüber zu erwähnen: »Scheinbar stört ihn der Altersunterschied nicht. Er ist dazu noch charmant, lustig und ein wenig unmöglich.«

»Warum?«, wollte Betty wissen.

»Er hat mir im Supermarkt sein Sixpack gezeigt, als ich meinte, er würde nicht danach aussehen, dass er ungesund isst«, sagte Andrea und musste grinsen.

»Nicht dein Ernst!«, rief Betty aus, wie immer, wenn sie etwas nicht fassen konnte. »Der flirtet aber heftig mit dir.«

»Ich schätze mal, ja«, entgegnete Andrea kleinlaut.

»Hey«, protestierte Betty. »Fang nicht damit an. Wenn dir das Flirten guttut, dann flirte, Andrea.«

Ihr fiel keine Antwort darauf ein, außer: »Ist es nicht zu früh?«

»Papperlapapp«, verneinte ihre beste Freundin. »Es wird immer zu früh sein, aber auch immer zu spät.«

»Was meinst du damit?«, wollte Andrea wissen.

»Sebastian und du«, begann Betty vorsichtig. »Ihr hattet doch nur eine Zweckehe.«

Diese Worte fühlten sich für Andrea an, wie ein Schlag ins Gesicht.

»Ich weiß, dass du das nicht hören willst«, gab ihre Freundin zu. »Aber ihr habt den Plan gelebt. Studium mit sogenannten wilden Jahren und dann Vorbildehe mit Vorbildkindern im Vorbildhaus im Vorort der Großstadt. Nicht einmal die Hochzeitsreise ging nach deinen Wünschen. Hätte er dich voll und ganz geliebt, wärt ihr damals mit dem Campingwagen durch Neuseeland gefahren, aber es ging nach Lanzarote.«

Andrea wusste nur zu gut, dass Betty recht hatte, dennoch war es ihr unangenehm.

»Es war mehr als Glück, dass du damals nicht mit im Auto gesessen hast, und du erinnerst dich auch warum«, fuhr Betty unbeirrt fort.

»Weil ich meinen Mann und meine Eltern belogen habe, ich hätte Migräne«, sprach Andrea die bittere Wahrheit aus.

»Nein«, widersprach Betty. »Weil du endlich mal das getan hast, was dir guttat. Hast du möglicherweise in Betracht gezogen, dass du deshalb noch lebst?«

»Das ist ein seltsamer Gedanke«, sagte Andrea.

»Ich erinnere mich noch gut an all die Abende, an denen du darüber gesprochen hast, wie unsichtbar du dich gefühlt hast«, redete Betty einfach weiter.

»Da habe ich zu viel getrunken«, warf Andrea ein.

»Du wirst nur ehrlich, wenn du etwas getrunken hast«, ließ sich Betty von ihrer Mission nicht abbringen. »Ist das der Grund, wieso du ein schlechtes Gewissen hast? Weil du mit mir darüber gesprochen hast, dass du dich in deinem Leben gefangen fühlst? Glaubst du, dass der Unfall deswegen geschehen ist?«

»Das wäre wohl genauso irrsinnig, wie zu glauben, dass ich noch lebe, weil ich nicht mitgefahren bin«, war Andreas Antwort.

»Genau mein Argument«, erwiderte Betty. »Das alles hat entweder einen Sinn, oder keinen, doch am Ende kannst du nur das Beste daraus machen. Wenn dir das nicht Grund genug ist, dann denk einfach daran, dass deine Eltern auf der anderen Seite der Welt sind und sie werden nicht riechen können, wenn du dich ein einziges Mal wieder amüsierst und nicht unsichtbar fühlst.«

Andrea fiel daraufhin nichts mehr ein, also musste sie Betty eingestehen: »Du hast recht. Außerdem weiß er davon.«

»Wer? Wovon?«, fragte Betty ein wenig verloren.

»Ich habe Chris erzählt, dass meine Familie bei einem Unfall ums Leben kam«, erklärte Andrea.

»Und wie hat er reagiert?«, erkundigte sich ihre beste Freundin.

»Er hat mich in den Arm genommen«, erzählte Andrea, und als keine sofortige Antwort kam, fürchtete sie schon, dass die Verbindung abgebrochen war.

Das wäre nicht das erste Mal.

»Wow«, erwiderte Betty und wieder verging eine gewisse Zeit, bis sie weitersprach. »Du solltest ihn dir schnappen.«

»Was?«, fragte Andrea ungläubig.

»Er sieht heiß aus, ist hilfsbereit und charmant. Er steht ganz klar auf dich und der Altersunterschied ist ihm egal, und da fragst du noch?«

Dieses Mal war es Andrea, die schwieg.

»Flattert dein Herz, wenn du ihn siehst?«, wollte Betty wissen.

Allerdings klang sie so, als würde sie die Antwort bereits wissen.

»Gott, ja«, gestand Andrea schließlich. »Und er riecht so verdammt gut, Betty. Mir wird manches Mal regelrecht schwindelig. Das ist doch total bescheuert!«.

»Nur du schaffst es, eine Schwärmerei direkt in eine Beschwerde zu verwandeln«, lachte Betty. »Genieß es doch einfach. Jetzt bist du da und du willst bis zu Silvester dortbleiben. Es ist das perfekte Timing. Wie willst du dich besser von den Feiertagen ablenken als mit einem heißen Flirt? Es muss ja nichts passieren.«

»Ja, du hast ja recht«, räumte Andrea ein.

»Bist du nicht nach Neuseeland, um dich frei zu fühlen?«, wollte Betty wissen.

»Ja, das stimmt«, bestätigte Andrea.

»Dann sei frei!«, erklärte Betty. »Du hast eine neue Chance erhalten, vermassele es nicht. Und ich will ein Foto von ihm sehen.«

»Zu Befehl, Oberst Betty!«, gab Andrea lachend zurück und warf dann einen Blick auf den Topf voller geschälter Kartoffeln. »Ich muss jetzt den Kartoffelsalat fertigmachen. Und es gibt Fotos, versprochen.«

»Nichts anderes wollte ich hören«, erwiderte Betty und Andrea konnte das Grinsen ihrer besten Freundin abermals spüren.

Es war fast so, als wäre sie in dem Moment bei ihr. So, wie an den Abenden, die Betty erwähnt hatte. Als sie mit Wein auf dem Sofa entweder bei Andrea oder ihrer Freundin saßen und über die Dinge redeten, die sie bedrückten.

»Was ist bei dir so los?«, erkundigte sich Andrea.

»Immer das Gleiche«, antwortete Betty sofort. »Emma paukt für die Prüfungen. Du weißt, sie macht nächstes Jahr Abitur und Jonas legt sich ins Zeug, weil eine Beförderung anstehen könnte. Sein Boss überlegt wohl, jetzt doch endlich in Rente zu gehen, und Jonas meint, seine Chancen stünden gut. Also bin ich die meiste Zeit alleine und versuche, meinem Leben einen Sinn zu geben.«

Zwar lachte Betty über ihre eigenen Worte, aber Andrea hörte zwischen den Worten die bittere Wahrheit.

»Warum machst du nicht das Fernstudium, von dem du immer geträumt hast?«, wollte Andrea wissen.

»Wozu denn? Damit ich letzten Endes doch nicht in dem Beruf arbeiten werde?«, erwiderte Betty. »Nein, ich blogge jetzt über Bücher. Ich habe damit angefangen, Bücher auf Englisch zu lesen. Emma meinte, sie könnte sich gut vorstellen, ein Auslandssemester in England zu machen, wenn sie an der Uni ist. Da kann es nicht schaden, die Sprache aufzufrischen, und du meintest ja, dir hätte es sehr geholfen.«

»Das stimmt«, bestätigte Andrea.

»Und das Bloggen macht mir Spaß, auch wenn ich noch nicht so viele Follower habe«, erklärte Betty. »Du und dein Reisetagebuch haben mich darauf gebracht.

»Wie ist dein Benutzername?«, erkundigte sich Andrea.

»Ich habe dir gerade eine Anfrage auf Instagram geschickt, dann kannst du mir zurückfolgen und findest auch die Facebook-Seite und den Link zum Blog«, gab Betty zurück.

»Du klingst ja schon wie ein Experte«, musste Andrea schmunzeln.

»Wie gesagt: Ich habe eine Menge Zeit«, erwiderte Betty und klang weniger betrübt dabei.

»Und zurück ins Reisebüro willst du nicht mehr?«, warf Andrea ein.

»Gott, nein!«, verneinte Betty. »Das ist so lange her und darauf, die Software zu lernen, hab ich keine Lust.«

»Okay, das verstehe ich«, erkannte Andrea. »Aber hattest du nicht mal mit dem Gedanken gespielt, bei dieser Stadtrundfahrt mitzumachen? Als Begleiterin, oder wie man das nennt?«, schlug Andrea vor.

»Ja, stimmt«, bestätigte Betty. »Die hatten genug deutschsprachige Leute und suchten Muttersprachler für andere Sprachen. Da kann ich noch nicht mithalten und ich glaube auch, dass ich nie so gut Englisch werde sprechen können, dass die mich nehmen.«

»Schade«, seufzte Andrea.

»Jetzt lenk aber nicht von dir ab«, protestierte ihre Freundin. »Und wenn dein schlechtes Gewissen zu groß wird, denk an den Befehl von Oberst Betty. Ich sag ja nicht, dass du mit ihm ins Bett springen sollst.«

»Also, Betty, wirklich!«, rief Andrea aus, weil sie in diesem Moment keine Ahnung hatte, wie ernst ihre Freundin ihre Worte nun wirklich meinte.

»Das ja eben nicht, Gott Andrea!«, meinte Betty theatralisch. »Du und deine dreckigen Gedanken.«

»Du hast damit angefangen!«, lachte Andrea laut.

»Hab Spaß mit dem heißen Australier, das ist alles, was du tun sollst. Für alles andere übernehme ich keine Verantwortung«, erklärte Betty.

»Mehr wird auch nicht passieren«, sagte Andrea.

»Ich weiß, dass ich mir da bei dir keine Sorgen machen muss«, sagte Betty und Andrea protestierte hier nicht.

Sie war kein Typ für einen One-Night-Stand.

»Hey«, warf Betty nach einem langen Moment der Stille ein, »du weißt, wie ich das meine.«

»Ja, ich weiß«, seufzte Andrea. »Ich wünschte, ich könnte auch einmal aus meiner Haut und etwas ganz und gar Verrücktes machen.«

»Bloß nicht!«, erwiderte Betty, fast noch bevor sie den Satz beendet hatte. »Du würdest es bereuen, glaub mir. Du bist genau richtig, so wie du bist. Nur dieses konstant schlechte Gewissen gegenüber Gott und der Welt solltest du dir abgewöhnen. Es ist dein Leben und deshalb solltest du dich nicht schlecht fühlen.«

»Ich versuche, daran zu denken«, gab Andrea leise zurück.

»Gut«, bestätigte Betty. »Jetzt lass uns auflegen, sonst wird der Kartoffelsalat nicht fertig. Aber Fotos, Andrea, Fotos!«

»Versprochen«, antwortete Andrea.

»Ich habe dich lieb, Große«, verabschiedete sich ihre beste Freundin.

»Und ich habe dich lieb, Kleine«, erwiderte Andrea wie immer.

KAPITEL 6

Nachdem Andrea aufgelegt hatte, war sie plötzlich sehr erleichtert darüber, diese große Menge an Kartoffelsalat zubereiten zu müssen. Jedes Mal, wenn ihre Gedanken zu schweifen begannen, lenkte sie sich ab, um entweder die Konsistenz, den Geschmack, oder den Geruch zu prüfen. Natürlich hörte sie gleichwohl immer wieder Bettys Worte, gegen die die Stimme ihrer Mutter jedes Mal etwas einzuwenden hatte.

Als es schließlich darum ging, den Kartoffelsalat abzukühlen, setzte sie sich mit einem tiefen Seufzer hin. In ihrem eigenen Kühlschrank war kein Platz und sie konnte sich gut vorstellen, dass Chris' Kühlschrank mit anderen Dingen belegt war.

Kaum dachte Andrea an ihn, stieg ihr bereits der Geruch von brennendem Holz in die Nase. Sie waren dabei, den Grill anzufachen. Sollte sie sich einfach zu ihnen setzen? Immerhin war sie ja eingeladen worden, aber sie konnte den Kartoffelsalat nicht alleine lassen. Nachher setzen sich Fliegen darauf und legten ihre Eier ab und die ganze Mühe wäre umsonst gewesen.

Wieder seufzte Andrea schwer, als ein Klopfen gegen die Seitentür sie unwillkürlich zusammenzucken ließ.

Bevor sie die Person hereinbitten konnte, wurde die Tür bereits geöffnet und Andreas aufkeimende Hoffnung, es sei Chris, enttäuscht. Es war Miriam.

»Hey! Bist du soweit?«, fragte sie fröhlich. »Wir haben Platz im Lebensmittelkühlschrank, wenn du den Kartoffelsalat sicher verstauen willst. Chris meinte, dein Kühlschrank sei klein und voll.«

»Oh, das ist gut, ja«, bestätigte Andrea und ließ sich von Miriams Fröhlichkeit anstecken.

Sofort schnappte sie sich die große Salatschüssel, in dem sie den Kartoffelsalat zubereitet hatte, und trat zu der hübschen Australierin nach draußen.

»Wir haben nicht genug Sitzplätze, weil Micks Stühle fehlen«, erklärte Miriam und deutete auf Andreas Klappstuhl, den sie mit dem gefundenen Sonnenschirm ausgestattet hatte.

»Ja, klar, nimm ihn«, meinte Andrea und Miriam grinste sie breit an.

Scheinbar war diese Fröhlichkeit typisch für alle Australier. Außer Tessa vielleicht. Denn als Andrea in die Runde der aufgestellten Stühle rund um den Grill blickte, war die junge Frau die einzige, die Andrea nicht anlächelte.

»Ich bring den Kartoffelsalat in den Kühlschrank«, verkündete Chris und löste sich von Tonys Seite, der den Grill bemannte, und kam auf Andrea zu.

Obwohl die Hitze wieder in ihre Wangen stieg, blickte sie nicht verlegen auf den Boden.

»Hier«, sagte Andrea und war erleichtert darüber, nicht weggesehen zu haben, denn sonst hätte sie dieses wunderbare Lächeln von Chris verpasst.

Ohne etwas zu sagen, griff er nach der Schüssel und seine Finger legten sich auf ihre. Die Elektrizität ihrer Berührung spürte Andrea bis in die Ellbogen und ihr Herz begann zu hüpfen. Sie konnte in Chris' Augen sehen, dass er etwas Ähnliches empfand. Andrea konnte nicht anders und musste grinsen. Chris tat es ihr nach, dann wandte er sich ab, um, wie versprochen, den Kartoffelsalat in seinen Kühlschrank zu stellen.

»Okay«, verkündete Miriam.

Sie zog damit Andreas Aufmerksamkeit auf sich, deren Blick unverhofft Tessas finstere Miene streifte. Die junge Frau war definitiv eifersüchtig.

»Ich hab dich neben Chris gesetzt«, erklärte Miriam weiter und deutete auf Andreas Stuhl, der sehr nah an einem anderen Sonnenstuhl stand.

Schnell presste sie ihre Lippen zu einer dünnen Linie zusammen, damit ihr Grinsen nicht einmal um den Kopf reichte. Der düstere Blick der jüngeren Australierin auf der anderen Seite der Runde beklemmte sie ein wenig.

»Nicht okay?«, wollte Miriam plötzlich wissen und riss Andrea aus ihren Gedanken, die sie auf die beiden Stühle starrend verbracht hatte.

»Doch, doch«, antwortete Andrea verlegen. »Man möchte meinen, du willst uns verkuppeln.«

Den letzten Satz hatte sie gar nicht aussprechen wollen und lief rot an. Tapfer hielt sie Miriams Blick stand. Die Australierin wirkte höchst amüsiert.

»Das will ich auch«, gab sie ehrlich zurück und Andrea stockte der Atem, noch mehr, als Miriam sie nun unverblümt angrinste. »Schlimmer als Sarah kannst du unmöglich sein. Ich konnte sie vom ersten Moment an nicht ausstehen, du hingegen bist mir sehr sympathisch. Dazu lächelt Chris wie schon lange nicht mehr und ich glaube, so wie du ihn ansiehst, hast du definitiv nichts dagegen, neben ihm zu sitzen.«

»Wow, ist das so offensichtlich?«, meinte Andrea schon fast flüsternd und fand sich damit ab, den Rest des Tages als menschliche Tomate zu verbringen.

»Ich nehme es dir nicht übel«, lachte Miriam. »Chris ist ein wahrer Hingucker und darüber hinaus witzig, charmant und hilfsbereit. Das war er schon als kleiner Junge. Er war mein erster Schwarm.«

Andrea war von Miriams blanker Offenheit ein wenig überrumpelt, aber irgendwie ließ es auch eine Last von ihren Schultern purzeln, die sie zuvor nicht bemerkt hatte.

»Jetzt bin ich eher die kleine Schwester, die er nie hatte«, fuhr Miriam fort und trat ein wenig näher an Andrea heran, um ihr verschwörerisch mitzuteilen: »Die kleine Schwester, der er alles erzählt und sie in Dingen, die mit Frauen zu tun hat, zurate zieht.«

Trotz der Hitze bekam Andrea eine Gänsehaut.

»Keine Sorge«, schmunzelte Miriam. »Er hat nur Gutes von dir erzählt. Die paar Jahre, die du älter bist, sieht man dir gar nicht an.«

»Oh Gott«, entfleuchte es Andrea.

»Das ist dir wirklich unangenehm, oder?«, stellte Chris Quasi-Schwester mitfühlend fest. »Warum dürfen Männer viel jüngere Frauen haben, Frauen aber nicht viel jüngere Männer?«, sinnierte sie. »Ist das nicht ein sehr sexistisches Weltbild, das nur darauf aus ist, das männliche Geschlecht zu bevorteilen?«

Andrea zuckte zweifelnd mit den Schultern.

»Da könntest du recht haben«, stimmte sie Miriam zu. »Ich sollte es eigentlich besser wissen, immerhin ist unsere Kanzlerin eine Frau.«

»Genau«, pflichtete Miriam ihr bei, »ich hätte mir Tony in jedem Fall auch geschnappt, wenn er jünger, als ich gewesen wäre. Wichtig ist doch, dass man auf einer Wellenlänge ist und nicht, ob der andere möglichst viele Häkchen bei einer Liste erreicht, die man selbst nicht einmal formuliert hat.«

»Du klingst ganz genau wie meine beste Freundin Betty«, lachte Andrea.

»Dann muss Betty eine sehr weise Frau sein«, gab Miriam grinsend zurück, bevor ihr Gesichtsausdruck ein wenig ernster wurde und sie über den kleinen Platz rief: »Chris, du kannst direkt wieder umdrehen, Andy und ich brauchen einen Drink!« Leider wandte sie sich wieder an Andrea: »Was willst du haben?«

»Was habt ihr denn?«, erkundigte sich Andrea und brachte Miriam damit ins Grübeln.

»Weißt du was?«, sagte sie schließlich. »Ich mach uns Cocktails.« Damit setzte sie sich in Bewegung und winkte Chris zu. »Leiste du mal Andy Gesellschaft, bis ich mit den Drinks fertig bin.«

Mit einem breiten Grinsen folgte Chris Miriams Aufforderung und legte die paar Schritte zurück, um deren Platz neben Andrea einzunehmen.

»Stört es dich?«, fragte er.

»Nein, was?«, platzte es aus Andrea heraus und sie musste über sich selbst kichern.

»Der Spitzname«, antwortete er, aber nicht ohne selbst wieder zu lächeln.

»Er klingt auf Englisch in jedem Fall besser als mein voller Name«, gab sie zu. »Und nein, es stört mich nicht. Ich muss mich nur daran gewöhnen.«

»Okay, dann Andy«, sprach Chris nickend.

Ihren Spitznamen aus seinem Mund zu hören, ließ ihre Haut kribbeln.

»Miriam scheint dich echt zu mögen«, wechselte der charmante Australier das Thema.

»Das beruht auf Gegenseitigkeit«, entgegnete sie. »Miriam erinnert mich von ihrer Art an meine beste Freundin Betty. Dadurch vermisse ich sie ein bisschen weniger.«

»Das freut mich«, gestand Chris. »Ich seh dich viel lieber fröhlich als traurig. Dein Lächeln ist ansteckend.«

»Ich wirke traurig?«, erwiderte Andrea erstaunt.

»Da mache ich dir ein Kompliment und du hörst nur das Negative«, schmunzelte Chris und fügte hinzu: »Na ja, wenn du glaubst, dass dich keiner beobachtet, dann wirkst du traurig. Aber ich schätze, das ist ganz normal.«

»Das ist es wohl«, seufzte Andrea und rang sich zu einem weichen Lächeln durch, als sie fortfuhr: »Aber es freut mich, dass du mein Lächeln magst.«

»Nicht nur dein Lächeln«, sprach Chris grinsend und zwinkerte ihr zu.

Andrea war sich sicher, dass er das nur tat, damit die Röte in ihrem Gesicht einen neuen Höchststand erreichte.

»Ebenfalls«, meinte sie unverblümt, und auch Chris schien gegen eine gewisse Verlegenheit nicht immun zu sein, jedoch verwandelte sich sein Grinsen in ein etwas weicheres Lächeln. »Und damit meine ich nicht nur das Sixpack, mit dem du angegeben hast.«

Offensichtlich hatte ihr Instinkt sie nicht betrogen, denn er sprang sofort auf ihre Worte an.

»Angegeben?«, spielte er übertrieben unschuldig.

»Oh ja, das hast du«, stichelte Andrea lachend. »Aber das ist nicht der Grund, warum ich dich mag.«

»Du magst mich also.« Mit diesen Worten rückte dieser unmögliche Australier ein wenig näher und Andrea musste wie ein kleines Mädchen kichern.

»Das ist doch wohl offensichtlich«, gestand sie.

Andrea brauchte nicht in die Runde zu sehen, um zu wissen, dass Tessa kochte. Sie konnte es regelrecht spüren und somit auch nicht verhindern, dass es den Spaß verdarb.

»Okay, der Grill ist bereit«, verkündete Tony. »Ich nehme jetzt Bestellungen entgegen. Unser Gast zuerst. Andy, was magst du haben? Wir haben Fisch, Huhn und Rind.«

Andrea war ein bisschen überrumpelt, doch als Chris sich in Bewegung setzte und näher an den Grill herantrat, tat sie es auch. Miriam stand neben ihrem Freund und grinste Andrea an. Sie hatte sich ganz still und heimlich wieder nach draußen begeben und Chris und sie bei ihrem Geschäker nicht gestört.

»Fisch bitte«, traf Andrea ihre Wahl, nachdem sie den Teller, den Miriam in den Händen hielt, kurz begutachtet hatte.

»Gute Wahl«, meinte Chris.

»Für mich auch!«, sagte Miriam.

»Ich hätte gerne Huhn«, sprach Tessa, die ein wenig abseitsstand und irgendwie wirkte, als würde sie schmollen.

Nachdem der Rost des Grills mit allerlei Grillgut gefüllt war, verschwand Miriam wieder im Camper, um zwei dieser gedeckelten Gläser mit Strohhalm zu holen.

»Tessa, es ist noch genug da, bediene dich ruhig«, rief sie zu der jüngeren Frau rüber.

Tessa stand wortlos auf, ging zum Camper und riss die Tür mit so viel Kraft auf, dass sie gegen den Wagen knallte und alle zusammenzucken ließ.

»Deine Schwester hat vielleicht auf einmal eine Laune!«, meinte Jordan ahnungslos zu Tony.

»Du bist echt blind, Kumpel«, sprach dieser und deutete auf Andrea und Chris, was daraufhin mit einem überraschten »Oh!« kommentiert wurde.

Die gesamte Situation legte sich wie ein Schatten über Andreas Lächeln.

»So ein Kerl bin ich nicht«, sagte Chris und sorgte sich offensichtlich darüber, was sie von ihm dachte.

»Nein, das glaube ich auch nicht, keine Sorge«, gab Andrea sofort zurück und sah ihn direkt an. »Ich bin einfach nicht gerne der Grund dafür, dass sich jemand schlecht fühlt, weißt du.«

»Das verstehe ich«, bestätigte Chris nickend. »Aber das ist Tessas eigene Schuld. Ich habe ihr keinen Grund gegeben, zu glauben, ich könnte je Interesse an ihr haben, außer dass ich gesagt habe, es sei okay, wenn sie mitkommt. Sie ist gerade mal einundzwanzig.«

»Der gleiche Altersunterschied wie zwischen uns beiden«, warf Andrea ein und Chris schüttelte leicht den Kopf.

»Zwischen Anfang zwanzig und Anfang dreißig liegen Welten«, meinte er und lächelte verständnisvoll. »Zwischen Anfang dreißig und Anfang vierzig nur ein paar Jahre.«

»Mitte vierzig«, korrigierte Andrea nachdenklich.

»Okay«, lachte Chris und zu ihrem Entsetzen trat er einen Schritt von ihr weg. »Wenn es dir unangenehm ist, dass ich mit dir flirte, weil ich so viel jünger bin, dann höre ich auf.«

»Nein!«, sagte Andrea etwas lauter, als sie geplant hatte und spürte, wie ihre Wangen vor Hitze pochten. »Nein. Ich … ich will nur nicht, dass es dir plötzlich unangenehm wird.«

»Du meinst, ich ändere meine Meinung darüber, dass ich dich umwerfend finde?«, fragte Chris und hob skeptisch eine Augenbraue.

Andrea war plötzlich sprachlos.

»Als du mir die Tür aufgemacht hast, hat es mich fast umgehauen«, fügte er durch ihr Schweigen ermutigt hinzu und trat wieder an sie heran. »Da wusste ich, dass ich dich kennenlernen muss. Und als du dann auch noch rot wurdest, war mir klar, dass ich nicht so leicht aufgeben werde, eben das zu tun.«

Chris' Worte ließen Andreas Herz höherschlagen und sie musste grinsen.

»Und dieser Blick«, begann er flüsternd, jedoch brachte er den Satz nicht mehr zu Ende.

Stattdessen bewegten sich seine Augen merklich, als würde sein Blick von ihren Lippen angezogen und es ihn alle Kraft kostete, sie nicht einfach zu küssen.

Andrea ertappte sich dabei, wie sie sich wünschte, er würde es einfach tun.

Doch sie kannten sich nur ein paar Stunden!

»Hey, ihr zwei Turteltauben, der Fisch ist fertig«, rief Tony zu ihnen herüber und brach den Bann, unter dem sie ganz offensichtlich gestanden hatten.

Als sie sich grinsend zum Grill begaben, war es für Andrea unmöglich zu übersehen, wie Tessa sie giftig ansah. Die junge Frau war gerade aus dem Wagen getreten und Andrea überkam plötzlich die Sorge, sie könne etwas mit dem Kartoffelsalat angestellt haben. Das wäre allerdings extrem kindisch.

»Ich hole mal eben den Salat«, verkündete sie, aber Chris berührte sie leicht am Arm.

»Ich mache das«, erklärte er und ging sofort los, sodass sie keine Chance hatte, abzulehnen.

Andrea beobachtete, wie er die wenigen Schritte zur Tür ging, in der Tessa immer noch stand. Nachdem er etwas zu ihr gesagt hatte, machte sie ihm Platz, nur um Chris in den Campingwagen zu folgen.

»Hier ist dein Cocktail«, überreichte Miriam ihr das Glas und Andrea wusste, dass sie wieder rot anlief; das würde wohl nie ein Ende nehmen. »Mach dir nichts draus«, erklärte Miriam und Andrea wusste nicht so recht, worauf sie sich bezog. »Ihr zwei vergesst wirklich alles um euch, wenn ihr euch unterhaltet. Das ist echt süß. Das nächste Mal könnte es allerdings passieren, dass ich deinen Drink selbst trinke«, fügte Miriam lachend hinzu.

»Sorry!«, erwiderte Andrea und musste grinsen.

Neugierig nahm sie den Strohhalm zwischen ihre Lippen und sog das Getränk ein, ohne zu wissen, was sie erwartete: Zu ihrer positiven Überraschung war es ein Margarita.

»Der ist richtig gut!«, lobte sie Miriam, die sie breit angrinste und ebenfalls noch einen Schluck nahm.

Sehr zu ihrer Erleichterung schien nicht besonders viel Alkohol in dem Getränk zu sein, oder sie schien ihn einfach nicht zu bemerkten.

Trotz allem wanderte Andreas besorgter Blick wieder zu Chris' Camper. Er hatte doch nur kurz ihren Kartoffelsalat holen wollen. Dennoch waren Tessa und Chris immer noch drinnen.

Sofort spielte Andreas Vorstellung verrückt: Sie küssten sich, oder schlimmer! Gerade als ihre Fantasie genau das in allen Einzelheiten darstellen wollte, flog die Tür auf und eine wütende Tessa stürmte davon. Kurz darauf kam Chris mit der Schüssel und wirkte extrem genervt.

Erleichterung überkam ihren Körper und sie nahm noch einen großen Schluck von ihrem Cocktail.

KAPITEL 7

Während Andrea und die Gruppe von Australiern den Rest des Abends damit verbrachten, das Grillgut und den Kartoffelsalat zu verspeisen, der ganz besonders den Männern zu schmecken schien, tauche Tessa nicht wieder auf. Die gesamte Zeit redete die Runde über ihre Heimat und die zahlreichen Unterschiede zwischen Australien und Deutschland. Zudem wurde aber auch die Frage aufgeworfen, wie Andrea es in ihrem Camper ohne Klimaanlage aushielt.

»Das wird sich herausstellen«, meinte Andrea und spielte mit ihrem Strohhalm, um zu sicherzustellen, dass sie Miriams leckeren Cocktail langsamer trank.

Inzwischen konnte sie die Wirkung des Alkohols deutlich spüren und sie wollte verhindern, dass sie die Grenze zwischen Angesäuselt-Sein und Betrunkenheit überschritt. Aber auch an Miriam schien die Wirkung ihrer Getränke nicht vorbeizugehen. Mittlerweile war sie unentwegt am Lachen oder Kichern.

»Ich glaube, wir sollten mal nach Tessa schauen«, meinte Tony, der noch ziemlich klar zu sein schien und dann aufstand.

Jordan und Chris erhoben sich ebenfalls und wirkten auch nicht sehr angetrunken.

Andrea war sich mittlerweile sicher, dass das am Kartoffelsalat lag und wünschte sich, dass noch etwas über wäre. Davon einmal abgesehen, fühlte sie sich zum Bersten voll.

»Wir bleiben hier, falls sie zurückkommt«, meinte Miriam und stand ebenfalls auf.

Mit geringfügig unsicheren Schritten machte sie sich auf, Chris freigewordenen Platz einzunehmen, und plumpste fast schon in den Sitz.

»Ruf einen von uns an, wenn sie da ist, Miriam«, meinte ihr älterer Bruder Jordan und sie hob ihr Glas, um zu verkünden: »Wird gemacht!«

Vielleicht lag es daran, dass Andrea begann, sich unwohl zu fühlen, weil sie langsam wieder nüchterner wurde. Sie schenkte Chris ein besorgtes Lächeln und nickte ihm zu, als er sich ihr noch einmal zuwandte.

»Sie werden sie schon finden«, erklärte Miriam und schien Andreas Sorge misszuverstehen. »Die Kleine kennt sich hier nicht aus, sie wird wahrscheinlich eine Gruppe in ihrem Alter gefunden haben und hängt mit ihnen ab.«

Wieder musste Andrea an die Szene denken, als die junge Frau davongestürmt war und an Chris' finstere Miene. Sie hatte die Situation schnell abgetan, weil sie zu erleichtert gewesen war, dass die beiden im Vergleich dann doch eine zu kurze Zeit allein im Camper verbracht hatten, als dass etwas Schlimmes hätte passieren können.

Doch was, wenn das Schlimme, was Andrea sich vorgestellt hatte, bereits geschehen war? Dann wäre Tessas Verhalten nicht kindisch, sondern sehr nachvollziehbar. Ja, Chris hatte gesagt, dass er nicht diese Art Mann war, doch was, wenn er es anders gemeint hatte, als sie es verstehen wollte? Zudem kannte Andrea Chris gar nicht. Er konnte auch gelogen haben. Chris hatte davon gesprochen, dass er der jungen Tessa keinen Grund gegeben hatte, daran zu glauben, sie hätte eine Chance bei ihm. Was, wenn die beiden einfach nur eine Bettgeschichte laufen hatten? Wie viele Mädchen glaubten, dass sich dennoch etwas würde entwickeln können?

Sie schluckte bereits den Cocktail hinunter, als sie bemerkte, dass sie sich den Mund damit gefüllt hatte. In jedem Fall brauchte sie ihn jetzt.

Wie naiv war sie eigentlich?

Andrea hatte diesen verdammt gut aussehenden, charmanten Australier gerade erst kennengelernt und schon vertraute sie ihm blind?

Sie wusste aus eigener Erfahrung, dass selbst die besten Freunde nicht zwingend für einen Menschen sprechen mussten.

»Das ist nicht das, was dich beschäftigt?«, wollte Miriam wissen und wirkte dabei sehr ahnungslos.

»Wir kennen uns gerade erst einen halben Tag«, begann Andrea und suchte nach den richtigen Worten. »Ist Tessa immer so … dramatisch?«

»Waren wir das nicht alle in dem Alter?«, gab die Australierin zurück, die Ende zwanzig war. »Okay, das kam jetzt blöd rüber.« Mit einem Mal wirkte Miriam etwas nüchterner als zuvor. »Warum fragst du?«

»Hatten die beiden Mal was miteinander?«, fragte Andrea geradeheraus und es fühlte sich an, als würde sie sich ein Pflaster abreißen.

Dann wiederum hatte die Gruppe die gesamte Zeit über mit ihrer unverblümten Ehrlichkeit geglänzt, sie würde Miriam daher wohl kaum vor den Kopf stoßen.

»Darauf kann ich dir ehrlich gesagt keine sichere Antwort geben«, antwortete Miriam aufrichtig. »Als Sarah und Chris sich getrennt haben, war Chris mies drauf, und das ist noch nett ausgedrückt.« Die junge Frau zögerte einen Moment, bevor sie fortfuhr: »Chris hat ihr einen Heiratsantrag gemacht und sie hat ›Nein‹ gesagt. Du kannst dir also vorstellen, wie er drauf war.«

Andrea schluckte schwer. Sie hatte die Wahrheit wissen wollen und wusste nicht mit Sicherheit, ob Miriam ihr dies nur erzählte, weil sie angetrunken war.

»Tessa hat ihn auf andere Gedanken gebracht«, fuhr Miriam unbeirrt fort. »Wenn Tony und Jordan keine Zeit hatten, sind die beiden alleine auf Partys gegangen, und als Chris Sarah eines Abends mit einem anderen Kerl gesehen hat, ist er verständlicherweise abgestürzt. Also keine Ahnung, ob da etwas passiert ist oder nicht. Das alles weiß ich nur, weil Chris mir später davon erzählt hat.«

»Ich habe auch ›Nein‹ gesagt«, platzte es plötzlich aus Andrea heraus und Miriam sah sie zuerst verwirrt an, bis sie begriff, dass Andrea von ihrem Heiratsantrag sprach. »Es war unsere Abschlussfeier von der Uni«, erklärte Andrea, »und es war mir zu früh. Ich wollte mit dem Campingwagen durch Neuseeland fahren, die Welt sehen, ein wenig die Freiheit genießen, bevor ich ganz erwachsen sein musste.«

»Was ist passiert?«, fragte Miriam vorsichtig.

»Meine Mutter hat mir ins Gewissen geredet, als ich ihr davon erzählte und mein Vater hat sich tierisch aufgeregt«, antwortete Andrea. »Also habe ich dann doch Ja gesagt und wir haben ein halbes Jahr später geheiratet.«

Miriam blieb still und Andrea sah sie prüfend an.

»Chris hat dir davon erzählt, oder?«, erkundigte sie sich. »Dass mein Mann und meine Kinder bei einem Autounfall ums Leben gekommen sind.«

Die Australierin nickte nur mit tieftraurigen, aber auch mitfühlenden Augen.

Die beiden Frauen sahen sich schweigend an. In jedem Fall wollte Andrea nicht weiter darüber reden, wie die Beziehung zwischen Sarah und Chris wirklich aussah. Sie wusste, sie würde ihn selbst fragen müssen. Es war nicht an Miriam, diese Frage zu beantworten.

Als Andrea einen weiteren Zug von ihrem Drink nehmen wollte, ging sie leer aus und sog geräuschvoll mit dem Strohhalm nur Luft ein.

»Ich glaube, wir haben noch ein bisschen da«, bot Miriam an und Andrea brauchte nur den Bruchteil einer Sekunde, um zu nicken.

»Ich komme mit«, sagte sie und stand mit der Frau auf, die ihr über die kurze Zeit ans Herz gewachsen war. »Es wird dann doch ein wenig frisch.«

Stehend musste Andrea feststellen, dass noch eine Menge an Geschirr und Besteck herumlag.

»Hier«, sprach sie und reichte Miriam ihr Glas. »Ich räume ein bisschen zusammen und du füllst den Rest ab, okay?«

»Okay.« Die Australierin nickte zustimmend.

Andrea konnte schlicht und ergreifend nicht anders. Immer, wenn ihr Inneres in Aufruhr war, half ihr Aufräumen dabei, Ruhe zu finden und Ordnung in ihre Gedanken und ihre Gefühlswelt zu bringen.

Nach Bettys Worten hatte sie sich so beschwingt und ermutigt gefühlt, die Situation mit dem jüngeren Australier einfach nur zu genießen. Jetzt jedoch konnte sie nicht aufhören, über Tessa nachzudenken. Sie fühlte sich schlecht, dass sie das Verhalten der jungen Frau als kindisch, eifersüchtig und übertrieben abgetan hatte, ja, dass sie sich erlaubt hatte, sie nicht zu mögen, obwohl sie sie nicht kannte. Und das, obwohl sie nichts über Tessa wusste, oder die möglichen Hintergründe.

Es war gut möglich, dass Chris und Tessa etwas gehabt hatten, was dem Verhalten der jungen Frau eine Daseinsberechtigung gab.

Schwer beladen machte sich Andrea auf den Weg zu Chris' Campingwagen. Miriam hielt für sie die Tür auf, als sie sie kommen sah.

Es war das erste Mal, dass Andrea den Camper betrat. Er war wesentlich moderner und auch größer als ihre alte Dame, was ihr vorher gar nicht wirklich aufgefallen war.

»Stell alles in die Spüle«, sagte Miriam und deutete in die entsprechende Richtung. »Wir lassen morgen die Spülmaschine laufen.«

»Ihr habt eine Spülmaschine?«, seufzte Andrea ein wenig neidisch. »Na ja, für mich würde sich das wohl nicht lohnen«, fügte sie schnell hinzu.

Miriam kicherte leise, bevor sie Andrea ihr Glas reichte und »Bereit für die letzte Runde?« fragte.

»Oh Gott«, lachte Andrea nun. »Ich hoffe, ich bin gleich nicht betrunken. Ich verliere nicht gerne die Kontrolle«, gestand sie plötzlich.

»Wer tut das schon?«, meinte Miriam und prostete Andrea zu, die mit ihr anstieß.

Gerade als sie beide ihren Schluck genommen hatten, schepperte etwas draußen und jemand fluchte leise. Es war nicht zu verstehen, ob es ein Mann oder eine Frau war. Also gingen die beiden nach draußen.

Direkt am Grill, ihr Schienbein reibend, stand Tessa, die leise vor sich hin brabbelte und eine Bierdose in der Hand hielt, von der sie sogleich einen tiefen Schluck nahm.

»Es ist ja nichts mehr zu essen da«, rief sie aus, als sie die beiden Frauen wahrnahm, die aus dem Camper kamen. »Habt ihr alles weggefuttert?«

»Setz dich erst einmal hin«, befahl Miriam und machte direkt wieder kehrt, während sie sagte: »Ich hole dir erst einmal eine Jacke.«

Mit der betrunkenen Tessa allein gelassen, fühlte sich Andrea vollkommen fehl am Platz. Hilflos sah sie mit an, wie die junge Frau die Dose leerte und von sich warf. Dann fiel ihr Blick auf Andreas Glas.

»Ist da noch was drin?«, wollte Tessa wissen.

»Nein, tut mir leid«, log Andrea.

Sie war sich sicher, dass die junge Frau betrunken genug war und der stärkere Alkohol ihr sicherlich den Rest geben würde. Zumindest hatte sie den Weg zurückgefunden und ihr war nichts passiert.

»Bin davongeschlichen«, erzählte Tessa bereitwillig und schien Andrea nicht zu erkennen – oder vielleicht kümmerte es sie auch gar nicht. »Als ich die drei hab kommen seh'n. Soll'n die mich ruhig noch was suchen.«

Andrea hoffte, dass Miriam gerade dabei war, die Jungs anzurufen, bevor sie mit einer Jacke oder Decke herauskam.

»Lass die Finger von ihm, Andy«, sagte Tessa und für einen Augenblick wirkte sie vollkommen klar. »Er macht nur alles kaputt, weil er kaputt ist. Sarah hat ihn kaputtgemacht. Schau, was er mit mir gemacht hat.«

Andrea runzelte verwirrt die Stirn.

»Was meinst du damit?«, wollte sie wissen.

In dem Moment, als Tessa den Mund öffnete, um ihr zu antworten, kam Miriam mit einer Decke aus dem Camper. Behutsam legte sie diese um Tessas Körper.

»Du solltest jetzt schlafen«, schlug Miriam vor.

Ihr Ton machte allerdings deutlich, dass sie keine Widerworte erwartete, und Tessa schien der besondere Ton in Miriams Stimme nicht unbekannt zu sein. Umgehend kam sie auf ihre wackeligen Beine und konnte sich mit Miriams Hilfe dort auch halten.

Andrea wollte helfen, aber ein undefinierbarer Impuls ließ sie zögern.

»Die Jungs wissen schon Bescheid«, erklärte Miriam und Andrea nickte. »Du solltest wohl auch ins Bett gehen«, fügte sie dann mit weicherer Stimme hinzu.

»Gute Nacht«, verabschiedete Andrea sich von den beiden Frauen, aber es fiel ihr schwer, sich wirklich abzuwenden.

Daher wartete sie, bis es Miriam gelang, Tessa in den Camper zu manövrieren, um bereit zu sein, sollte ihre Bekannte doch noch ihre Hilfe benötigen.

Als die Tür hinter den zwei Frauen zufiel, ließ Andrea einen Seufzer der Erleichterung heraus. Für einen Moment wägte sie ab, ob sie auf die Männer warten sollte, um Chris zu fragen, was es mit Tessas Verhalten auf sich hatte und was genau ihre Worte von gerade eben bedeuten sollten.

Dann jedoch war es bereits spät, sie hatten alle getrunken und die Sorge um Tessa hatte letztendlich die Stimmung ein wenig gekippt. Das Letzte, was sie beide brauchten, war, jetzt über Tessa zu sprechen.

Jetzt würde Andrea sicherlich noch einschlafen können. Nach einem Gespräch mit Chris hätte sie wohl eher Probleme damit. Dazu malte sie sicherlich den Teufel an die Wand. Eine Runde Schlaf würde all ihre Gemüter beruhigen.

Bestimmt war alles weitaus weniger dramatisch, als das, was Andreas Fantasie ihr da ausmalte, die dank ihrer Mutter so dermaßen verdreht war. Also schnappte sie sich ihre Schüssel und ging die wenigen Schritte zu ihrem Campingwagen. Dort versuchte sie, ihre Gedanken zu sortieren, indem sie die Schüssel und das Salatbesteck abspülte. Dafür hatte sie nur eine schwache Lampe angemacht. Andrea wollte keine Insekten anlocken und als sie fertig war, machte sie sich aus dem gleichen Grund im Dunkeln fertig fürs Bett.

Durch die offenen Fenster und Luken kam nun wesentlich kühlere Luft vom Meer hinein, was nach diesem heißen Tag sehr angenehm war. Gerade als sie hoch ins Schwalbennetz geklettert war und sich unter der Decke eingekuschelt hatte, näherten sich Stimmen.

Sofort war Andrea wieder hellwach und ärgerte sich deswegen. Das Letzte, was sie wollte, war, die drei Männer zu belauschen. Vielleicht sollte sie sich einfach die Ohren zuhalten, um sicherzugehen.

»Geht ihr schon mal rein, ich muss meinen Kopf klar bekommen«, sagte einer der drei und sie war sich sicher, dass es Chris war.

Andrea musste nur eine der Blenden an der Seite anheben und würde dann auf die Sitzrunde um den Grill blicken können. Sie bewegte sich nicht.

»Es ist nicht deine Schuld, Chris, das weißt du«, sagte einer der anderen und Andrea meinte, erkennen zu können, dass es sein bester Freund Jordan war, Miriams großer Bruder.

»Doch, das ist es«, widersprach Chris. »Ich hätte es wissen müssen, dass Tessa die Situation missversteht. Ihr wisst doch, wie wir mit Anfang zwanzig waren. Alles andere als erwachsen.«

»Tessa muss lernen, dass die Welt sich nicht um sie dreht, und dass sie nicht alles haben kann«, war es Tony, der sprach, Tessas Bruder und Miriams Freund. »Unsere Eltern haben sie ohne Ende verhätschelt, also wenn jemand schuld ist, dann sie. Ich hätte Nein sagen sollen, als unsere Eltern mich bekniet haben, sie hierher mitzunehmen.«

Andrea fühlte sich ungemein schlecht, dass sie all dies mit anhören musste, aber es beruhigte ihre bescheuerten Gedanken.

»Sie hat sich sicherlich eingeredet, es wäre deine Bitte gewesen, sie mitzunehmen«, sagte Tony weiter und meinte damit sicherlich Chris. »Ich werde morgen noch einmal mit ihr reden.«

»Nein, lass das«, erwiderte ausgerechnet Chris. »Sie fühlt sich jetzt schon ausgeschlossen. Warten wir ab, wie es ihr morgen früh gehen wird. Vielleicht sieht sie die Situation nüchtern ganz anders.«

»Warum ist sie eigentlich nicht mit ihren eigenen Freunden in Urlaub?«, fragte Jordan.

Tessas älterer Bruder Tony seufzte, anstatt sofort zu antworten, und eine unangenehme Stille entstand zwischen den drei Freunden.

»Ich weiß es ehrlich gesagt nicht genau«, erwiderte Tony schließlich. »Sie haben wohl Streit. Mama meinte, ein Tapetenwechsel wäre gut für sie und auch mit ein paar älteren und reiferen Leuten unterwegs zu sein. Ihr wisst ja, sie ist das Nesthäkchen.«

»Wohl eher die Prinzessin«, warf einer der beiden anderen ein, und Andrea konnte die Stimmen der drei Männer nicht mehr gut voneinander unterscheiden, da ihre Augen begannen zuzufallen.

»Ja, aber das will meine Mutter nicht hören«, sagte Tony weiter. »Ich hätte ihr wohl kaum sagen können, dass Tessa in Chris verschossen ist und sie sich darin bestätigt fühlt, dass sie eine Chance hat, wenn wir sie mitnehmen. Ich glaube fast schon, sie hat ihrer Clique nach dem Kuss erzählt, ihr zwei wärt zusammen.«

Ein Kuss also.

Wer wusste, wie dieser zustande gekommen war? Chris würde ihr sicherlich davon erzählen, wenn sie ihn danach fragte.

Als Andrea schließlich einschlief, hallten dennoch Tessas dramatische Worte in ihrem Kopf wider: *Lass die Finger von ihm, Andy. Er macht nur alles kaputt, weil er kaputt ist. Sarah hat ihn kaputtgemacht. Schau, was er mit mir gemacht hat.*

KAPITEL 8

Am nächsten Morgen war Andrea sich nicht mehr so sicher, ob sie die Unterhaltung zwischen Chris, Jordan und Tony vielleicht nur geträumt hatte.

Sie hatte länger geschlafen als sonst und die grelle Sonne hatte schließlich das Schwalbennest in Licht getaucht und auch ausreichend erwärmt, sodass Andrea mit leichten Kopfschmerzen erwachte. Als sie eine der Blenden anhob, um einen Blick auf die Stuhlrunde zwischen den beiden Campern zu werfen, fand sie diese noch immer verlassen vor. Offensichtlich hatte jemand ein wenig aufgeräumt, denn der Grill stand an der Seite und in der Mitte befand sich nun ein Feuerkorb. Auch die Dose, die Tessa am Abend zuvor von sich geworfen hatte, war nicht mehr dort.

Vielleicht hatten die drei Männer noch ein wenig Ordnung geschaffen, bevor sie selbst zu Bett gegangen waren?

Plötzlich stellte Andrea sich die Frage, wie die fünf wohl in Chris' Camper schlafen würden. Zwar war der Wagen ein Stückchen größer als ihrer, aber mehr als vier Schlafplätze – zwei im Schwalbennest und zwei in der zum Bett ausgeklappten Sitzecke – dürfte es dort auch nicht geben.

Im Schwalbennest vermutete sie Tony und Miriam und das würde bedeuten, dass Chris, Jordan und Tessa auf der ausgezogenen Sitzecke schlafen würden. In der jetzigen Situation war das nicht unbedingt vorteilhaft. Daher schliefen die beiden Frauen wohl oben und die drei Männer teilten sich die ausgezogene Sitzecke im Heck des Campers.

Andrea warf ihren Blick auf ihre eigene Ecke, die sie noch nie ausgeklappt hatte. Dort stand ihr Laptop auf dem Tisch und an den Fenstern klebten Fotos und Postkarten. Für einen Moment erwog sie, einem von den Fünfen einen Platz bei sich anzubieten. Dann aber wiederum kannte Andrea sie nicht gut genug, als dass sie sich bei dem Gedanken wohl fühlen würde, jemanden von ihnen hier zu haben, während sie schlief.

Andrea beschloss, die Türen ihres Campingwagens weit zu öffnen und die frische Luft des späten Morgens hereinzulassen. Danach machte sie sich einen Kaffee mit ihrem kleinen Automaten und warf zwei Toastbrote in ihren Toaster. Wenn sie etwas vermisste, dann waren es Brot und Brötchen. An wenigen Orten gab es in diesem Land tatsächlich ›richtiges‹ Brot, doch in den meisten Supermärkten war das nicht der Fall. Dafür fand Andrea sich stets vor meterlangen Regalreihen mit unzähligen Sorten von Toastbrot, Pita-Brot und Focaccia-Brot wieder und das sogenannte ›German Rye Bread‹, was ihr schon einmal angepriesen worden war, es hatte sich jedoch als herbe Enttäuschung entpuppt.

Ein großes Problem war auch, dass ›richtiges‹ Brot mit schätzungsweise 750 g in Neuseeland zwischen $7-$8,50 kostete, während das Toastbrot bei $1,99 anfing. Allerdings hatte Andrea feststellen müssen, dass selbst drei Scheiben Toastbrot mit einer richtigen Schreibe Brot nicht mithalten konnte. In Neuseeland aß man eben eher Sandwiches als Butterbrote. Frischkäse-Aufstriche hatte Andrea auch nicht finden können. Die Einheimischen nutzten solche Produkte eher als eine Art Dip. Aus diesem Grund gab es bei Andrea meistens Müsli zum Frühstück, von dem es in den Supermärkten eine große, regalweise Auswahl gab.

Milch gab es auch in jeder Variation und Form, so wie Käse und Joghurt, sehr zu ihrer Überraschung hatte sie Feta und Mozzarella nur ein einziges Mal finden können. Auch was frisches Gemüse betraf, musste sie sich sehr umstellen, denn ihre heiß geliebten Zucchini und Paprika waren extrem teuer. Daher musste Andrea auf Süßkartoffeln, Avocados und Mais umstellen, wozu es im Internet einige Rezepte gab.

Der fehlenden Lakritze und den Gummibärchen weinte Andrea hingegen nicht nach, nur zunächst der Milka. Einen guten Ersatz hatte sie aber schnell mit der Schokolade von Whittaker's oder Cadbury gefunden.

Nachdem Andrea sich ihren Kaffee genehmigt und sich eingecremt hatte, setzte sie sich mit ihrem Müsli wieder auf die kleine Mauer, die den Strand von dem Stellplatz abgrenzte und genoss die Meeresbrise.

Auf dem Strand unter ihr hatten sich schon einige Sonnenanbeter, aber auch Familien mit ihren Kindern breitgemacht. Auf dem Meer fanden sich auch schon die ersten Surfer. Die Vormittagssonne war gerade für die Kleinen besser. Schnell brachte sie sich auf andere Gedanken und blickte zurück zu Chris' Camper, an dem tatsächlich fünf Surfboards lehnten.

Andrea erinnerte sich daran, was Tessa ihr über die Boards der Jungs erzählt hatte. Das Gelbe gehörte Jordan, dem älteren Bruder von Miriam. Das dunkelste der Surfbretter war das von Tony, der Tessas großer Bruder war. Sofern Andrea es beurteilen konnte, hatte es eine dunkelgrüne Farbe. Chris' Surfboard war das weiß-blaue. Das vierte Brett in der Reihe war lila-pink und das letzte eher cremefarben, aber es konnte auch ein ausgeblichenes Gelb sein. Keines der Bretter wirkte brandneu, was Andrea nicht wirklich überraschte.

Sie selbst hatte nie auf einem Surfbrett gestanden. Es hatte sich nie ergeben, und jetzt, bei dem Gedanken daran, sich total zu blamieren, reizte Andrea die Vorstellung, es zu auszuprobieren, auch nicht wirklich.

»Guten Morgen!«, hörte sie Miriams fröhliche Stimme an ihr Ohr dringen, die näherkam. »An diesem Strand kann ich mich auch nicht sattsehen«, erklärte sie, als sie neben Andrea zum Stehen kam. »Hast du gut geschlafen?«, erkundige sie sich.

»Guten Morgen, Miriam«, grüßte sie zurück und gestand: »Nur ein wenig Kopfschmerzen, halb so wild.«

»Ich auch, aber das ist nach der Menge Cocktails auch kein Wunder.« Miriam lächelte und fragte: »Darf ich?«, als sie auf den Platz auf der Mauer neben Andrea deutete.

»Klar«, erwiderte Andrea.

Für eine Weile saßen die beiden still beieinander und ließen das Meer und die Menschen auf sich wirken. Miriam genoss ihren Kaffee und Andrea beendete ihr Frühstück, bis hinter ihnen die Tür des Campingwagens geöffnet wurde und nacheinander die drei Männer herauskamen. Der Duft von noch mehr Kaffee drang zu den beiden Frauen hervor und vermischte sich mit der salzigen Luft des Meeres.

»Ich werde mal nach Tessa sehen«, verabschiedete sich Miriam und Andrea nickte ihr zu.

Sie selbst schwang ebenfalls ihre Beine über die Mauer und machte sich auf den Weg zu ihrem Camper, um die Schüssel und den Löffel abzuspülen und sich noch einen Kaffee zu machen.

Die drei Männer grüßend, von denen sich Jordan und Tony bereits ächzend in ihre Stühle hatten sinken lassen, ging Andrea unbeirrt weiter zur alten Dame. Es sah für sie so aus, als ob Chris sich zu ihr habe setzen wollen, bevor er bemerkte, dass sie dabei war zu gehen.

Irgendwie war die Situation plötzlich sehr seltsam und Andrea war erleichtert, beschlossen zu haben, sich in ihren Camper zurückzuziehen. Plötzlich vermisste sie die Zeit, in der sie ganz alleine gewesen war.

Kaum hatte Andrea abgetrocknet, klopfte es an der Tür. Sie wusste bereits, dass es Chris war, als sie ihn mit einem »Komm rein« hereinbat.

»Guten Morgen, störe ich?«, begrüßte Chris sie.

Während er sprach, hielt er die Tür offen.

»Guten Morgen«, erwiderte Andrea leicht lächelnd. »Nein, tust du nicht«, verneinte sie. »Möchtest du auch einen Kaffee?«, bot sie ihm an.

»Ja, gerne«, erwiderte Chris und sein Gesicht hellte sich sofort auf. »Mit einem Schuss Milch, bitte.«

»Klar. Setz dich«, sagte Andrea und deutete auf die Sitzecke.

Andrea setzte sich auf den Platz gegenüber ihrem, vor dem ihr geschlossener Laptop stand und sie drückte zum ersten Mal den Knopf für zwei Tassen, ohne dass sie nur ihren Becher darunter stellte und holte den Kanister Milch aus dem Kühlschrank. Das Mahlwerk der Maschine mahlte den Kaffee so geräuschvoll, dass kein Gespräch möglich war. Erst als der Kaffee in die beiden Tassen floss, konnte man problemlos reden.

»Möchtest du eine volle Tasse?«, fragte Andrea, noch während Chris den Mund öffnete.

»Gern«, entgegnete er daraufhin.

Er mache Anstalten, etwas zu sagen, nur drückte sie in diesem Moment abermals auf die Zwei-Tassen-Taste und das Mahlwerk begann von Neuem.

Andrea und Chris sahen einander amüsiert an und das Lächeln der beiden formte sich zu einem Grinsen.

Als der Kaffee dieses Mal fertig war, goss sie sich beiden noch etwas Milch ein und stellte den Kanister zurück in den Kühlschrank. Dann brachte Andrea die beiden Becher zum Tisch und übergab einen Chris, der ihr bereits die Hand entgegenhielt.

»Es tut mir leid, wie der Abend gestern zu Ende ging«, begann Chris das Gespräch zurückhaltend. »Ich hoffe, wir haben dich damit nicht vergrault.«

»Dazu ist schon ein wenig mehr notwendig«, sagte Andrea lächelnd. »Aber du kannst mir sagen, was es mit Tessa und dir auf sich hat«, sprach sie geradeheraus. »Du hast mir zwar versichert, dass du nicht so ein Kerl bist, aber ich bin nicht blind.«

»Deswegen bin ich hier«, erwiderte Chris.

Es war von seinem Gesicht abzulesen, dass er sich ein wenig unwohl fühlte und überlegte, wie er wohl mit seiner Erklärung beginnen wollte. Vorsichtig nahm Chris einen Schluck von dem dampfenden Kaffee.

»Ich muss zugeben, dass ich an Tessas Verhalten nicht ganz unschuldig bin«, gestand er und sah Andrea dabei direkt an. »Miriam hat mir eben gesagt, dass sie dir gestern schon ein wenig erzählt hat, aber ich möchte es gerne mit meinen eigenen Worten wiedergeben. Als Sarah und ich uns getrennt haben, war ich am Ende. Sie hat nicht nur meinen Heiratsantrag abgelehnt, sondern sich im gleichen Atemzug von mir getrennt. Ich dachte, sie würde die Frau sein, mit der ich Kinder kriege und alt werde, aber sie sah ihre Zukunft ganz anders.«

»Das tut mir leid.« Andrea konnte sich nicht davon abhalten, diese Worte zu sagen, und Chris honorierte das mit einem traurigen Lächeln und meinte: »Danke.«

Es war ihm anzusehen, dass er die Situation noch nicht ganz verarbeitet hatte. Aber Andrea konnte nur zu gut nachvollziehen, wie schwierig es war, sich davon zu erholen, dass einem den Boden unter den Füßen weggerissen worden war.

»Wir waren fast zehn Jahre zusammen«, fuhr Chris fort und nahm noch einen Schluck Kaffee. »Mir kam nie in den Sinn, dass sie sich etwas anderes gewünscht hätte. Sie war nicht so direkt und offen wie du, aber das werfe ich ihr nicht vor. Ich schätze, wenn man als Paar eingespielt ist, übersieht man manchmal, dass man unglücklich ist. Sarah wurde das klar, als ich ihr den Antrag gemacht hatte.«

Andrea konnte auch das nachempfinden. Jetzt, wo sie mehr und mehr Abstand zu ihrem alten Leben hatte, fielen ihr auch Dinge auf, die sie im Nachhinein anders gemacht hätte.

»Nach der Trennung bin ich regelrecht entgleist«, erklärte Chris und beobachtete ihre Mimik besorgt. »Ich glaubte, mein Single-Dasein nachholen zu müssen, und wollte auf gar keinen Fall wieder etwas Ernsthaftes. Die Trennung war vor einem halben Jahr und ich habe mich mehr als drei Monate danebenbenommen. Ich hatte keine Ahnung, wie ich mit dem Schock und dem Schmerz umgehen sollte.«

Wieder machte Chris eine Pause. Er schien sein Verhalten wirklich zu bereuen, aber Andrea konnte sich nur vorstellen, wie das ausgesehen hatte.

»Genau da kommt Tessa ins Spiel«, offenbarte er und sah ihr dabei wieder direkt in die Augen. »Sie war jedes Mal dabei und blieb, auch wenn die Anderen nach Hause gingen. Irgendwann war Tessa dann plötzlich meine Alibi-Freundin, wenn sich jemand an mich heranmachen wollte.« Chris zog seine Augenbrauen zusammen und schüttelte den Kopf, bevor er in seinen Kaffee starrte. »Ich kann dir nicht sagen, wessen idiotische Idee das war. Die meiste Zeit hatte ich zu viel getrunken. Irgendwann eskalierte es und wir küssten uns. Dass ich beispiellos betrunken war, ist auch für mich keine genügende Entschuldigung. Tessa benahm sich von da an so, als wäre zwischen uns etwas Ernstes und versuchte, mit mir auf Dates zu gehen. Ich habe ihr zunächst nicht deutlich gemacht, dass ich nicht so empfinde Es war für mich praktischer, sie dabei zu haben, wenn ich einen drauf machen wollte. Und das war falsch.« Chris schaffte es wieder, Andrea voller Betroffenheit anzusehen. »Bis Miriam, Jordan und Tony mich zur Rede gestellt haben. Ich hatte nicht begriffen, dass Tessa sich trotz dieser bescheuerten Vereinbarung wirklich in mich verliebt hatte. Ich war nicht nur ein Idiot, sondern auch ein Arschloch. Doch wenigstens habe ich das irgendwann erkannt und mich bei ihr entschuldigt und die Situation klargestellt.«

Nun nippte Andrea an ihrem Kaffee, während ihr Gegenüber eine Pause machte und schwer seufzte. Das, was Chris ihr gerade erzählt hatte, passte nur zu gut zu Tessas Worten von der Nacht zuvor: *Er macht nur alles kaputt, weil er kaputt ist. Sarah hat ihn kaputtgemacht. Schau, was er mit mir gemacht hat.*

Andrea konnte sich sowohl in Tessa als auch in Chris hineinversetzen. Nachdem ihre erste große Liebe sich nach dem Abitur von ihr getrennt hatte, war ihre Welt ebenfalls zusammengebrochen. Im Studium hatte sie jede Gelegenheit genutzt, um zu trinken und Party zu machen – sehr zum Ärgernis ihrer Eltern – die ihr drohten, die finanzielle Untersetzung für ihr Studium einzustellen. Dann hatte sie Sebastian kennengelernt. Voller Angst, dass ihr neuer Freund sie auch verlassen würde, hatte sie alles darangesetzt, die für ihn perfekte Freundin zu sein. Viele Jahre später erst hatte Andrea ihre eigene Stimme wiedergefunden.

Tessa hatte vermutlich ebenfalls gedacht, dass Chris sich in sie verlieben würde, wenn sie nur perfekt für ihn wäre und er hatte sie darin noch bekräftigt, indem er sie für eine gewisse Zeit gewähren ließ.

»Tessa weiß, dass ich kein Interesse an ihr habe«, fügte Chris hinzu, als Andrea weiterhin schwieg. »Sie braucht nur Zeit. Es war nicht gerade feinfühlig von mir, vor ihren Augen mit dir zu flirten. In dem Moment habe ich einfach nicht daran gedacht. Ich bin ziemlich oft der Elefant im Porzellanladen.«

»Danke für deine Ehrlichkeit«, erwiderte Andrea nach einem weiteren Moment des Schweigens. »Jetzt kann ich die Situation wesentlich besser verstehen. Ich kann es nicht leiden, wenn sich in meinem Kopf die Mutmaßungen nur so überschlagen. Ich habe es lieber, wenn man ehrlich zu mir ist.«

»Da geht es mir ganz genauso«, bejahte Chris mit einem Nicken und legte dann seinen Kopf leicht zur Seite, sodass er Andrea an einen Welpen erinnerte.

Unwillkürlich musste sie lächeln.

»Habe ich dich jetzt vergrault?«, fragte der jüngere Mann vorsichtig.

»Nein«, schüttelte Andrea leicht den Kopf. »Nein, das hast du nicht.«

Sie merkte erst, dass sie ihren Arm ausgestreckt hatte, um ihre Hand auf seine zu legen, als seine Finger sich um die ihren schlossen.

»Wir beide haben einen großen Schock und einen großen Verlust zu verarbeiten«, sagte sie zaghaft. »Lass es uns einfach langsam angehen und an Silvester sehen, ob es uns immer noch so miteinander geht. Wenn du verstehst, was ich meine.«

Als Andrea Chris nun ansah, konnte sie in seinem Gesichtsausdruck keine Enttäuschung entdecken. Seine Augen funkelten vielmehr hoffnungsvoll und vielleicht sogar mit ein wenig Ermutigung. Es waren dieselben Emotionen, die sie in diesem Augenblick verspürte.

Warum sollte sie dem Glück keine Chance geben?

»Du hast also kein Problem damit, dich vor Tessa ein wenig zurückzuhalten?«, fragte Chris enthusiastisch.

»Nein, das habe ich nicht«, schmunzelte Andrea. »Außerdem würden wir die anderen wohl zunehmend damit nerven, oder nicht?«

»Das glaube ich eher weniger«, verneinte Chris kopfschüttelnd. »Sie würden uns höchstens necken.«

»Ich mag deine Freunde«, platze es aus Andrea heraus und sie musste über sich grinsen.

»Das ist großartig, denn meine Freunde mögen dich auch«, erwiderte Chris.

Auch sein Mund reichte sinnbildlich bis zu den Ohren.

KAPITEL 9

Der Rest des Vormittags und der Mittagszeit war im Nu verflogen, denn Andrea hatte sich damit befasst, die besten Fotos der vergangenen Tage zusammenzutragen und hochzuladen. Als sie danach aus ihrem Camper kam, waren die drei Männer bereits wieder auf ihren Surfbrettern unterwegs.

»Hi, Andy! Wir gehen runter an den Strand«, rief Tessa ihr zu, die sich von ihrem Trinkgelage bereits wieder erholt zu haben schien. »Kommst du mit?«

Im Blick der jungen Frau war keine Abneigung zu erkennen. Ihr Groll hatte sich allem Anschein nach nur gegen Chris' Verhalten gerichtet und nicht gegen sie.

Andrea fühlte sich sofort erleichtert.

»Sehr gerne! Lass mich nur eben ein paar Sachen holen«, entgegnete sie und machte direkt wieder kehrt.

Als sie nach einigen Minuten mit einer großen, gepackten Tasche wieder herauskam, musste Andrea feststellen, dass die beiden Australierinnen auf sie gewartet hatten und beschleunigte ihren Schritt.

»Ihr hättet ruhig vorgehen können«, sprach sie und lächelte Tessa und Miriam fröhlich an.

»Ach, kein Problem«, erwiderte Miriam. »Je mehr Frauenpower, desto eher bekommen wir einen Platz.«

»Alles klar!«, lachte Andrea und die drei machten sich auf den Weg runter zum Strand.

Sehr zu ihrem Glück war just in diesem Moment eine Familie dabei, ihren Platz zu räumen. Tessa war die Erste, die sich jubelnd breitmachte und somit für lange Gesichter bei vier Männern sorgte, die gerade auf dem Weg zu diesem Platz waren. Irgendetwas an ihnen zog Andreas Aufmerksamkeit auf sich, während sie sorgsam ihr Handtuch über den dunklen Sand ausbreitete, der für diesen Strand charakteristisch war.

»Hast du keinen Badeanzug oder Bikini dabei?«, wollte Miriam plötzlich von ihr wissen.

Andrea musste schmunzeln und zog zuerst ihr T-Shirt und dann ihre Short aus, unter der ihr Badeanzug verborgen war. Es war eigentlich unsinnig, sich extra etwas überzuziehen, aber sie war es nicht anders gewohnt. Alle drei Frauen mussten lachen.

»Komm, wir schmieren dich zuerst ein«, erklärte Tessa und war schon dabei, sich Andreas Sonnencreme auf die Hände zu geben, bevor sie die Tube weitergab.

Andrea musste über den Anblick, den sie wohl mit ausgestreckten Armen und Beinen stehend bot, kichern, aber wenn zwei Personen einen eincremten, ging das wirklich fix. Und so nahmen sie sich danach Miriam und dann Tessa vor.

»Du kennst jetzt doch nicht zu Hause anrufen, Leon«, schalt einer der Männer, die einige Meter abseits standen auf Deutsch. »Wir wissen nicht, wie spät es ist!«

»Es sind minus zehn Stunden«, rief Andrea den vier Männern zu. »Eigentlich ganz leicht zu merken. Wir haben jetzt vierzehn Uhr dreißig, also ist es in Deutschland vier Uhr dreißig in der Früh.«

Die Männer blickten Andrea verblüfft an, die ganz lässig ihren Sonnenhut aufsetzte.

»Sie sind aus Deutschland?«, wollte derjenige, der laut protestiert hatte, das Offensichtliche wissen.

»Nur ich«, erwiderte Andrea und deutete auf sich. »Das sind Miriam und Tessa aus Australien«, stellte sie ihre Begleitung vor. »Ich bin Andrea, hallo.«

Interessiert kamen die vier Männer näher und es stellte sich heraus, dass zwei von ihnen Erwachsene und die anderen beiden Jugendliche waren. Vermutlich Väter und Söhne.

»Hallo, was für ein schöner Zufall«, sprach der Mann weiter. »Ich bin Patrick und das ist mein Sohn Leon«, stellte er sich und den jungen Mann vor, den er gerade erst gescholten hatte.

Diesen schien das aber nicht weiter zu stören, denn er interessierte sich fortan nur noch für Tessa, die ihn angrinste.

»Das ist mein Bruder Martin und sein Sohn Thomas«, fuhr Patrick fort.

»Freut mich«, nickte Andrea den vieren zu.

»Verzeihen Sie meine Neugierde«, sprach Martin nun. »Wohnen Sie hier? Oder sind sie auch im Urlaub? Das weiß man bei Deutschen hier nicht so genau.«

»Das entscheidet sich noch«, sagte sie spontan.

»Oh, wirklich?«, reagierte Martin interessiert. »Wie lange sind Sie denn noch hier?«

»Vermutlich bis kurz nach Silvester«, antwortete Andrea wieder. »Dann fahre ich mit meinem Camper vielleicht noch eine Runde, mal sehen.«

»Oh, Sie fahren auch mit dem Campingwagen?«, mischte Patrick sich nun wieder ein. »Haben Sie wohl ein paar Tipps für uns, wo wir parken können?«

Andrea konnte sich nicht helfen, aber die Fragen der beiden Männer wurden langsam lästig. Sie erduldete sie nur, weil Tessa und Leon Interesse aneinander zu haben schienen und sie der jungen Australierin einen kleinen Flirt gönnte.

»Überall, wo es nicht ausdrücklich verboten ist«, lachte sie freundlich. »Das ist ja gerade das Schöne. Ich glaubte, eines Abends an einem Fluss zu parken, und entdeckte am nächsten Morgen, dass es ein Wasserfall war. Das ist ja gerade das Schöne an Neuseeland.«

Beide erwachsenen Männer gaben Laute von sich, als hätten sie gerade etwas ganz Neues erfahren. Hatten die beiden Väter sich nicht auf ihre Reise vorbereitet, oder wollten sie sich einfach nur mit ihr unterhalten? Gerade dieser Martin schien besonders fasziniert.

»Die Einheimischen hier sind allesamt freundlich, wenn sie Tipps brauchen, einfach fragen«, erklärte Andrea und hoffte, ihnen damit das Signal gegeben zu haben, dass sie weitergehen konnten.

»Papa, da vorne!«, sagte der Jüngste plötzlich und deutete auf eine Stelle weiter den Strand hinunter, die nun frei wurde.

»Es war schön, Sie kennenzulernen«, sprachen die beiden Erwachsenen fast im Chor.

»Gleichfalls«, meinte Andrea freundlich. »Noch einen schönen Urlaub!«

»Ich komm gleich nach!«, sagte Leon, als sich sein Vater, Onkel und Cousin in Bewegung setzten.

Andrea versuchte ihr Grinsen zu einem Lächeln herunterschrauben, als Tessa aufstand, um mit Leon eine Runde am Strand spazieren zu gehen.

»Ist das der deutsche Charme, der sich mir so ganz entzieht?«, kommentierte Miriam.

»Wenigstens bringt der Junge Tessa auf andere Gedanken«, entgegnete Andrea und beide Frauen sahen der jungen Australierin und dem deutschen Teenager hinterher. »Obwohl er wohl etwas jünger ist als sie. Nicht, dass sie sich strafbar macht.«

»Woran du wieder denkst!«, lachte Miriam.

»Ja, das war typisch deutsch«, gestand Andrea nur ein wenig verlegen und lachte über sich selbst.

Allerdings nur genauso lange, bis kalte Tropfen und ein Schatten sie zusammenzucken ließ. Überrascht blickte sie auf und sah einen klitschnassen Chris vor sich. War er etwa zu ihnen gekommen, weil er gesehen hatte, dass sie sich mit fremden Männern unterhielt?

»Etwa schon eifersüchtig?«, triezte ihn Miriam.

»Es waren nur ein paar deutsche Touristen«, sagte Andrea und musste zugeben, dass Chris' leicht grimmige Miene unglaublich süß war.

Er war tatsächlich eifersüchtig.

»Einer der Söhne war von Tessa heftig angetan«, fügte Miriam hinzu und deutete in die entsprechende Richtung.

Sofort wurde Chris' Gesichtsausdruck weich und Andreas Herz machte einen Sprung. Es war ihm deutlich anzusehen, dass er sich für Tessa freute.

»Na dann«, sprach er. »Kommt ihr mit ins Wasser? Es ist schön kühl.«

»Lieber nicht«, gestand Andrea. »Ich schaue zwar sehr gerne auf das Meer, aber ich traue mich nicht rein. Wer weiß, was da alles so drin herumschwimmt.«

Sofort war sie verlegen, als Miriam und Chris zu lachen begannen, auch wenn sie sie ganz deutlich nicht auslachten.

»Das kann ich verstehen«, entgegnete Chris. »Ich bringe eben das Brett weg und hole mir ein Handtuch. Dann kann Miriam eine Runde surfen und ich leiste dir Gesellschaft.«

»Oh«, winkte Andrea ab. »Es macht mir nichts aus, allein hier zu sitzen. Ich habe unzählige Bücher zu lesen.«

»Willst du meine Gesellschaft nicht?«, fragte Chris überrascht und sah sie wie ein trauriger Hundewelpe an.

Miriam musste kichern.

»Natürlich genieße ich deine Gesellschaft«, rief Andrea aus. »Ich will nur nicht, dass du wegen mir auf diese Wellen verzichtest.«

»Diese Wellen kommen wieder«, sagte Chris und setzte sein charmantestes Lächeln auf. »Aber du bist einmalig.«

Andrea presste ihre Lippen aufeinander, um nicht melodramatisch zu seufzen, so, wie sie es bei einem Roman getan hätte. Ihr Herz hüpfte und sie vergaß zu atmen.

»Oh mein Gott, Chris«, raunte Miriam. »Jetzt geh schon. Schau sie dir an, sie läuft garantiert nicht weg.«

»Okay, okay!« Er hob abwehrend eine Hand, weil er im anderen Arm noch sein Skateboard hielt. »Ich zieh mich schnell um, sonst geh ich gleich noch ein.»

»Alles klar!«, lachte Miriam.

»Willst du dir nicht auch einen Anzug anziehen, wenn du surfen gehst?«, erkundigte sich Andrea. »Die Sonne knallt ziemlich heftig, nachher holst du dir noch einen Sonnenbrand.«

»Das ist echt süß von dir«, gab die Australierin zurück, »aber diese Sonnencreme hält ungefähr eine halbe Stunde im Wasser und länger bleibe ich ohnehin nicht drin. Tony und ich sind mit Fleischholen dran.«

»Ihr holt das Grillfleisch immer frisch?«, meinte Andrea verwundert.

»So viel, wie die Jungs essen, passt nicht in den Kühlschrank«, lachte Miriam.

»Hey!«, rief Tessa melodisch, als sie auf die beiden Frauen zugerannt kam. »Ich habe die Deutschen zum Grillen eingeladen und zeige Leon jetzt erst einmal, wie man ein Surfboard benutzt.«

Die junge Australierin brauchte gewiss nicht um Erlaubnis für diese Einladung zu fragen, immerhin hatte Chris auch Andrea dazu geholt.

»Alles klar«, stimmte Miriam zu. »Dann eben noch mehr Grillfleisch.«

Was in Deutschland kaum vorstellbar war, war in Neuseeland kein Problem. Dazu gehörte auch ohne eine vorherige Bestellung an massenweise Fleisch zu kommen. Genauso wie es Milch in Kanistern gab, gab es abgepacktes Fleisch in fast jeder vorstellbaren Menge und Form.

»Super!«, frohlockte Tessa und rannte weiter in Richtung Camper, um ihr Surfbrett zu holen.

Weiter unten am Strand wartete schon Leon. Als Miriam aufstand, winkte sie ihm einfach zu und er tat Selbiges ein wenig verhaltener.

»Sie gehört ganz dir«, sagte sie dann, was Andreas Aufmerksamkeit auf sich zog.

Chris war zurück, nun mit Shorts und offenem, orangenem Hawaii-Hemd bekleidet und rubbelte sich seine Haare trocken.

»Das ist nicht dein Ernst«, scherzte Andrea laut lachend und Chris grinste breit, denn er konnte sich vorstellen, dass sie sein Hemd meinte.

»Soll ich mir einen Schnäuzer wachsen lassen?«, fragte er und tat betont unschuldig.

»Untersteh' dich!«, sagte Andrea und spielte mit. »Damit ruinierst du nur dein Gesicht.«

»Du findest also, ich sehe gut aus?«, schäkerte er und wackelte mit seinen Augenbrauen, was sie abermals zum Lachen brachte.

»Jetzt fischst du aber nach Komplimenten, oder?«, stichelte Andrea und Chris ließ sich neben sie auf dem Handtuch von Miriam nieder, die gerade gemeinsam mit Tessa zum Strand runter ging.

Verblüfft sah sie den beiden Frauen nach.

»Was ist?«, hakte Chris verwundert nach.

»Ich hätte gedacht, Miriam gehört das pink-lila Surfboard und nicht Tessa«, erklärte Andrea.

»Nein, das wäre zu klein für sie«, erwiderte Chris. »Es geht nicht nur um die Liegefläche, sondern auch auf die Standbreite für die beste Balance.«

»Oh, okay«, war Andreas Reaktion und sie merkte, wie sie wieder rot anlief.

»Ist doch nicht schlimm«, lächelte Chris weich.

Jetzt merkte sie erst, wie nah sie beieinandersaßen, und ihr Herz begann wie wild zu pochen, als sie diesen verdammt gut aussehenden Australier anstarrte.

»Erzähl mir mehr von dir«, bat er sanft.

»Was willst du wissen?«, fragte Andrea. »Und sag jetzt nicht ›einfach alles‹.«

»Willst du lieber ein Verhör?«, neckte er sie.

»Nein«, sagte sie kopfschüttelnd und lachte dabei einmal auf. »Ich weiß nur nicht, wo ich anfangen soll.«

»Einfach am Anfang«, erklärte Chris und zuckte mit den Schultern. »Oder wie in der Grundschule. Was ist deine Lieblingsfarbe, was ist dein Lieblingstier? Bist du ein Hunde- oder Katzenmensch? So etwas eben.«

»Okay«, stimmte Andrea zu. »Aber du erzählst das Gleiche. In Ordnung?«

»Einverstanden.«

KAPITEL 10

Die Zeit verging wie im Flug, als die beiden über die verschiedensten Dinge sprachen: Ihre Familie, ihr Zuhause, ihre Kindheit. Das Einzige, was sie ausließen, war Essen, denn darüber hatten sie bereits am Vortag zu Genüge gesprochen.

»Chris«, meinte Andrea plötzlich erschrocken. »Ich glaube, du bekommst einen Sonnenbrand. Lass uns in den Schatten gehen.«

»Du könntest mir auch einfach beim Eincremen helfen«, schlug Chris grinsend vor.

»Warum klingt das aus deinem Mund denn bitte so anzüglich?«, lachte Andrea laut und nahm hin, dass sie wieder rot anlief.

»Vielleicht klingt es auch einfach nur in deinen Ohren anzüglich«, gab Chris zurück.

»So, ihr Turteltäubchen, jetzt ist aber genug«, rief ihnen Jordan vom Strand entgegen. »Oder ihr geht für uns alle einkaufen.«

»Klar, kein Problem!« Andrea sprang schon beinah auf und brachte Chris zum Lachen.

»Du willst ja nur auf dem Motorrad mitfahren«, neckte er sie.

»Und deine Bauchmuskeln begrapschen.«

Andrea schlug sich die Hand vor den Mund. Hatte sie das gerade wirklich laut gesagt?

»Wir gehen einkaufen!«, verkündete Chris unnötig laut und sie beide brachen in Gelächter aus.

»Lass mich nur eben etwas anderes anziehen. Ich fühle mich mit einem Badeanzug unter der Kleidung nicht so wohl«, erklärte Andrea.

»Kein Problem«, sprach Chris und nickte ihr zu. »Aber eincremen musst du mich trotzdem.«

»Dann komm her«, befahl Andrea und wies ihn mit dem Zeigefinger an, zu ihr zu kommen, während sie bereits in ihre Tasche griff, um die Sonnencreme hervorzuholen. »Aber das Hemd machst du zu, nicht wahr?«, fügte sie leiser hinzu.

Chris grinste breit und begann, sich sein orangenes Hawaii-Hemd zuzuknöpfen. Er sagte nichts, aber sie konnte ihm seine Gedanken fast schon vom Gesicht ablesen. Sie hatte soeben die Chance verpasst, dieses Sixpack ohne Hindernis zu ›begrapschen‹.

Andrea lachte laut, obwohl ihre Wangen zu glühen begannen. Langsam schien sie sich daran zu gewöhnen, in der Gegenwart dieses unglaublichen Mannes ständig rot zu werden. Unbeirrt gab sie sich Creme auf eine Hand und begann Chris' Gesicht einzuschmieren, dann seinen Hals und dann den Nacken.

»So, den Rest schaffst du selbst«, erklärte Andrea in einem Ton, der keine Widerrede zuließ. »Wir gehen auf der Fahrt auf Tuchfühlung«, neckte sie zwinkernd.

Ohne sich noch einmal umzudrehen, schnappte sich Andrea ihre Sachen und eilte zu ihrem Camper, um schnell den Badeanzug gegen Unterwäsche zu tauschen. Andrea ertappte sich dabei, wie sie sich vorstellte, Chris würde einfach in den Wagen kommen, sie packen und sie sinnlich küssen. Und dabei sollte es nicht bleiben.

Natürlich geschah nichts dergleichen und auch, wenn sie enttäuscht seufzte, bevor sie die Tür wieder öffnete, war dieses Verhalten in Anbetracht dessen, was mit Tessa geschehen war, durchaus das Richtige.

Davon abgesehen kannten sie sich gerade einmal ein bisschen länger als einen Tag!

Nachdem Andrea sich in Rekordzeit umgezogen hatte, trat sie wieder aus ihrem Camper. Neben den Shorts und dem T-Shirt hatte sie ihren Hut gegen eine Sonnenbrille mit großen Gläsern ausgetauscht.

Sofort reichte Chris, der sich eine Pilotenbrille aufgesetzt hatte, ihr den Helm, den sie schon am Tag zuvor getragen hatte. Das Motorrad samt Anhänger stand ebenfalls schon bereit. Bei der derzeitigen Hitze war luftige Kleidung die einzige Wahl, dennoch würde sie bei einem Unfall keinen Schutz bieten.

Andrea schüttelte über ihre Gedanken den Kopf. Warum musste sie gerade jetzt an so etwas denken?

»Alles okay?«, wollte Chris natürlich wissen.

»Ja, alles gut«, erwiderte Andrea. »Ich mache mir nur zu viele Sorgen«, gestand sie ehrlich.

»Ich fahre vorsichtig«, gelobte Chris lächelnd.

Wieder einmal hatte er ihre Gedanken gelesen und brachte sie damit zum Lächeln. Es war ein sehr schönes Gefühl, ohne Worte verstanden zu werden.

»Sitz auf«, bat er sie, als er sich seinen Helm aufgesetzt hatte.

Andrea war dankbar dafür, dass es ihr irgendwie gelang, den Verschluss ihres Helmes direkt beim ersten Versuch zuschnappen zu lassen, denn sie konnte es kaum erwarten, sich hinter Chris auf sein Motorrad zu setzen und loszufahren. Wieder rückte sie nah an den umwerfenden Australier heran und schlang ihre Arme fest um seinen Körper, nicht ohne dabei ihre Finger über seinen Bauch gleiten zu lassen. Andrea konnte in ihrem Körper Chris lachen spüren.

»Los gehts!«, warnte er vor und beschleunigte das Motorrad leicht.

Trotz eines leichten Rucks konnte Andrea sich mühelos festhalten. Wieder fuhren sie im Schritttempo über den Stellplatz, sodass sie sich ohne Weiteres hätten unterhalten können. Aber sie schwiegen. Andrea genoss es, Chris auf so harmlose Weise nahe zu sein und seinen Duft einatmen zu können, der nun durch den Geruch ihrer Sonnencreme leicht verändert war. Sie hätte nie gedacht, dass dieser feine Unterschied so viel bei ihr bewirken könnte. Es hatte etwas Intimes an sich und plötzlich war die Berührung ihrer Hände an seinem Bauch nahezu sinnlich.

War es möglich, dass Chris genauso empfand?

Schwieg er womöglich, weil er diesen magischen Moment nicht zerstören wollte, ganz genau wie sie?

Während der Fahrt über die Landstraße schlossen sich Andreas Augen wie ganz von allein. Sie genoss den Wind, der durch ihre Kleidung fuhr und erlaubte sich, zu träumen. Zum ersten Mal seit Langem träumte sie nicht davon, ihren Mann wiederzusehen und ihre Kinder wieder in die Arme schließen zu können. Sie träumte davon, ihr Leben mit Chris zu verbringen. Zumindest insoweit, dass sie gemeinsam mit ihrem Camper durch dieses wunderschöne, naturbelassene Land reisen würden und sie genügend Zeit hätten, einander richtig kennenzulernen. Obwohl Andrea das Gefühl hatte, sie würde Chris seit Ewigkeiten kennen.

Als das Motorengeräusch sich änderte, schien sie wie aus einem tiefen, entspannenden Schlaf gerissen zu werden. Andrea seufzte vor Bedauern, dass ihr Traum nicht schon Realität war. Aus irgendeinem Grund tat sie ihn nicht als Unfug ab. Ein Teil von ihr glaubte fest, dass Chris mit ihr kommen würde, sollte sie ihn fragen.

Andrea wartete damit, abzusteigen, bis Chris sein Motorrad vollends zum Stehen gebracht hatte. Dann erst nahm sie wie er den Helm ab. Sie hatte sich an das wilde Pochen ihres Herzens, wann immer sie Chris ansah, fast schon gewöhnt. Nur dieses Mal, als sie sich stumm und gedankenverloren anblickten, konnte sie es bis in ihre Fingerspitzen fühlen.

»Ich hole den Einkaufswagen«, erklärte Chris.

Ohne ein weiteres Wort und nur mit einem leicht angedeuteten Lächeln wandte er sich ab, aber das stieß Andrea nicht vor den Kopf. Sie ahnte, dass Chris sich bewusst zurückhielt, und das sprach nur für ihn. Nach seinem Fehler mit Tessa, den er Andrea offengelegt hatte, betrachtete er es wohl als nicht richtig, den ersten Schritt zu machen.

Dieser Gedanke brachte sie zum Lächeln, welches sich nur noch vergrößerte, als Chris mit einem Wagen zu ihr zurückkehrte. Sofort erhellte sich seine Miene, als er sie sah, und dies beschwingte ihre Schritte, als sie zu ihm trat.

»Soll ich noch mal Kartoffelsalat machen?«, schlug Andrea spontan vor. »Ihr Jungs scheint das gestern gemocht zu haben und unsere deutschen Gäste wären sicherlich glücklich darüber, etwas Bekanntes zu essen.«

»Unsere Gäste?«, wiederholte Chris mit einer erhobenen Augenbraue und einem Schmunzeln, das Andrea sofort wieder erröten ließ.

»Ist doch so«, zückte sie mit den Schultern und grinste ihn breit an.

»Stimmt«, nickte Chris zufrieden und begann, den Wagen in den Supermarkt zu schieben. »Aber ich helfe dir beim Kartoffelschälen«, informierte er sie.

»Abgemacht«, erwiderte Andrea grinsend und stoppte sich davor, mit dem Kopf zu schütteln.

Sebastian wäre nie auf die Idee gekommen, ihr bei so etwas zu helfen. Aber Chris war eben nicht er.

Obwohl es erst das zweite Mal war, dass Andrea diesen Supermarkt betrat, so kam er ihr doch schon altbekannt vor. Vielleicht lag das daran, dass sie sich hier zuletzt so viel Zeit gelassen hatte.

Chris schien zielstrebig einen bestimmten Gang ansteuern zu wollen. Einem Impuls folgend, schnappte sie sich seinen Oberarm und hakte sich bei ihm ein, indem sie ihre Hände auf seinen Bizeps legte, der sich kurz anspannte, und Andrea abermals offenlegte, dass er durchaus trainiert war. Überrascht sah Chris zu ihr hinunter und Andrea konnte nicht anders, als ihn anzugrinsen.

»Wir haben doch Zeit, oder?«, fragte sie unschuldig und Chris nickte mit einem Lächeln.

»Du hast recht«, erwiderte er und sofort drosselte der Australier sein Tempo.

Zwar hatten sie dieses Mal keinen Großeinkauf vor sich, aber das war kein Grund, sich abzuhetzen. Immerhin waren sie beide im Urlaub. Nachdem sie alle Zutaten für den Kartoffelsalat beisammen hatten, steuerte Chris sie zur Fleischabteilung. Wie jedes Mal musste Andrea über die teils irrwitzigen Mengen, in denen das Fleisch abgepackt war, den Kopf schütteln. Heute jedoch war dies durchaus nützlich.

»Du frierst ja«, stellte Chris besorgt fest.

Erst als der Australier es ansprach, merkte Andrea, dass sie ihre Arme verschränkt hatte, um ihr Zittern zu unterdrücken. Die Klimaanlage kühlte heute recht stark.

Ohne weiter darüber nachzudenken, rieb Chris seine Hände über ihre Oberarme, um Andrea ein wenig aufzuwärmen, dabei fiel ihr etwas durchaus Schnelleres ein, was ihren Körper mit Hitze erfüllen würde. Chris schien leider nicht auf den Gedanken zu kommen, sie einfach zu küssen.

»Komm«, meinte er, legte eine Hand auf ihren oberen Rücken und schob sie in Richtung Ausgang. »Lass uns schnell bezahlen, sonst erkältest du dich noch.«

Andrea kam nicht dazu, enttäuscht zu sein. Viel zu sehr genoss sie es, wie rücksichtsvoll Chris war. Sie konnte sich sogar Bettys Reaktion vorstellen, wenn sie ihrer Freundin von Chris' Verhalten erzählte.

»Ihr zwei schon wieder«, begrüßte Tommy die Zwei an seiner Kasse, und als sein Blick zwischen ihnen hin und her sprang, wurde sein Grinsen breiter, aber er sagte nichts.

Draußen angekommen, beeilte sich Chris mit dem Verladen und Verpacken, er hatte, extra noch Eis für die Cocktails gekauft, um das Fleisch für die Strecke ein wenig kühl zu halten. Während er damit beschäftigt war, brachte Andrea schnell den Wagen zurück.

Die Sommerhitze von draußen zog schnell wieder in ihren Körper ein und sie atmete erleichtert durch. Andrea wusste nur zu genau, wie kalt es gerade in ihrer Heimat sein musste und wie nass und ungemütlich. Würde sie sich jemals wieder an das Wetter gewöhnen?

»Hier«, sagte Chris und überreichte Andrea den Helm, als sie zum Motorrad zurückkam.

Er hatte bereits aufgesessen und wartete, dass sie wieder hinter ihm Platz nahm. Nur zu gerne schlang sie ihre Arme um Chris' Körper und rückte nahe an ihn heran. Ein leiser Seufzer entfleuchte Andrea, als ihr klar war, dass er nun etwas schneller würde fahren müssen. Doch die Vorfreude darauf, dass Chris ihr beim Kartoffelschälen helfen würde, half ihr dabei, die zu schnelle Fahrt zu verschmerzen.

Andrea erkannte, dass sie so viel Zeit wie möglich mit diesem charmanten Mann verbringen wollte, der eine so unvergleichbare Anziehungskraft auf sie hatte. Von der Wirkung seines Duftes ganz zu schweigen.

Sowohl auf der Rückfahrt als auch beim Ausladen der Einkäufe sprachen sie kaum. Andrea bemerkte, dass auch Chris ein leichtes Lächeln ins Gesicht geschrieben stand. Gemeinsam schweigen zu können, war etwas sehr Seltenes. Andrea hatte es bis jetzt nur von Betty gekannt.

»Tony und Jordan kümmern sich ums Fleisch«, ließ Chris sie wissen, als er wieder aus seinem Camper kam und zu seinem Motorrad ging. »Ich parke das Bike eben und dann können wir schälen.« Stolz hielt Chris ein Schälmesser empor.

»Gut«, sprach Andrea und nickte grinsend. »Dann hole ich alles nach draußen, denn in der alten Dame ist es definitiv zu heiß.«

»Dann lass uns einfach unter das Vordach gehen«, erklärte Chris und zeigte auf den Sonnenschutz, der nun die gesamte Seite seines Campingwagens in einen leichten Schatten warf.

Die anderen hatten ihn wohl ausgefahren, als Chris und sie unterwegs gewesen waren. Dazu standen auch noch praktischerweise ein Tisch und zwei Stühle darunter. Nur zu gerne machte sich Andrea mit dem Sack Kartoffeln und dem Kochtopf darauf breit, und gerade als sie anfangen wollte, stieß Chris auch schon zu ihr.

Andrea musste sich beherrschen, nicht darüber zu grinsen, wie der Australier hoch konzentriert die Kartoffeln schälte. Es war offensichtlich, dass Chris das noch nie zuvor getan hatte. Diese Erkenntnis sorgte dafür, dass Andrea ihm noch ein wenig mehr verfiel.

»In zwei Tagen ist Weihnachten«, meinte Andrea auf einmal und Chris zuckte leicht zusammen, sodass sie für einen kurzen Moment Sorge hatte, er habe sich geschnitten. »Bleibt ihr da unter Euch?«

»Es ist doch klar, dass du mit zu uns gehörst«, gab Chris sofort zurück und lächelte sie an. »Ob du mit mir zusammen bist, oder nicht.«

Seine Worte ließen Andrea abermals erröten.

»Wir haben dich alle ins Herz geschlossen«, fügte er schnell hinzu, als er ihre Verlegenheit erkannte.

Chris wollte ganz klar nichts überstürzen.

»Danke, das freut mich sehr«, spielte Andrea mit.

Als sie in das Netz griff, stellte sie fest, dass sie alle Kartoffeln bereits geschält hatten. Andrea stand auf und Chris erhob sich automatisch ebenfalls.

»Jetzt muss ich die Kartoffeln kochen«, teilte sie ihm mit. »Da kannst du mir leider nicht bei helfen.«

»Okay«, erwiderte Chris und wirkte ein wenig enttäuscht. »Dann schaue ich mal, ob ich mich bei den Jungs nützlich machen kann. Magst du vielleicht vor dem Grillen noch eine Runde spazieren gehen?«

Selbst wenn Andrea es versucht hätte, so wäre es ihr nicht gelungen zu verhindern, dass sich ihr Gesicht aufhellte.

»Sehr gern!«, entgegnete sie. »Ich brauche dann ohnehin wieder deinen Kühlschrank.«

KAPITEL 11

Natürlich musste sich Andrea nicht stundenlang um den Kartoffelsalat kümmern, doch sie nutzte die Zeit, um ihren Kleiderschrank nach etwas zu durchforsten, was sie während des Spaziergangs tragen konnte. Ihre Wahl fiel auf ihr einziges Kleid, das ihr bis zur Mitte der Waden ging und ihr fast schon ein bisschen zu eng vorkam.

Voller Schreck fiel ihr auf, dass sie gar nichts Besonderes für die Weihnachtstage oder gar Silvester hatte. Nie hatte Andrea damit gerechnet, jemanden kennenzulernen, geschweige denn mit ihnen die Feiertage zu verbringen. Sie hatte sich darauf eingestellt, allein zu sein. Immerhin war es das erste Weihnachten ohne ihre Familie.

Als es an der Tür klopfte, war Andrea ganz und gar in einer Mischung aus Panik und Melancholie aufgelöst.

»Hi!«, begrüßte Chris sie strahlend, als sie die Tür öffnete. »Alles in Ordnung?«, fügte er schnell hinzu, als er erkannte, dass es Andrea nicht gut ging.

»Ich habe nichts zum Anziehen und gar keine Geschenke für euch!«, purzelte es aus Andreas Mund. »Weißt du, wo ich einkaufen kann?«

»Einmal tief durchatmen«, sprach Chris sanft und nahm Andrea behutsam bei den Schultern.

Seine Berührung allein genügte, dass Andrea sich besser fühlte, und gehorsam holte sie Luft und atmete langsam aus.

»Keiner von uns zieht sich etwas Besonderes an«, erklärte Chris mit einem sanften Lächeln. »Und wenn, dann reicht dieses unglaubliche Kleid, dass du anhast, vollkommen aus.«

»Danke«, lächelte Andrea verlegen und strich sich eine Haarsträhne hinters Ohr.

»Und wir schenken uns auch nichts«, fuhr Chris fort. »Also hast du keinerlei Grund, dich zu stressen.«

Erleichtert nickte sie und merkte, wie auch die letzte verbliebene Spannung aus ihrem Körper wich.

»Solltest du trotzdem etwas Neues zum Anziehen brauchen, fahre ich mit dir morgen gerne einkaufen«, bot der Australier an, der sich mehr und mehr als ein wahrer Traumprinz entpuppte – zumindest für Andrea. »Oder du fährst mit Miriam, wenn du lieber die zweite Meinung einer Frau haben möchtest.«

»Ich fahre sehr gerne mit dir«, erwiderte Andrea mit einem etwas zu breiten Grinsen, das Chris sofort ansteckte.

»Das freut mich«, sprach er.

Dann ließ er sie bedauerlicherweise los, um auf ihre Füße zu zeigen, die in Sandalen steckten.

»Du brauchst festeres Schuhwerk«, erklärte er.

»Warum?«, fragte Andrea verblüfft.

»Ich wollte gerne mit dir auf die Felsen klettern. Es gibt ein paar sichere Wege und die Aussicht ist schlichtweg atemberaubend.«

»Sehr gern!«, freute sie sich und machte sich auf den Weg zur Sitzecke, unter der sie eine Kiste mit ihren Schuhen hatte. »Ich habe ein paar Wanderschuhe, die ich mir extra gekauft habe, damit ich ein wenig die Gegend erkunden kann.«

Chris schmunzelte. Es war ihm anzusehen, dass ihr Enthusiasmus es ihm angetan hatte.

»Ich denke ein paar Turnschuhe reichen«, meinte er leise – offensichtlich wollte er Andreas Begeisterung nicht dämpfen.

»Bei dem Wetter wäre mir das sogar lieber«, gab sie zurück und strahlte ihn an. »Ich nehme einmal meinen Selfie-Stick mit. Dann können wir auch ein gemeinsames Foto machen.«

Andrea konnte Chris' Lächeln auf ihrem Körper spüren, als sie sich ihre kleine Handtasche umhing, in die sie ihr Handy, ihre Geldbörse und anschließend den zusammengeschobenen Selfie-Stick steckte.

»Ich bin so weit!«, verkündete Andrea schließlich, als sie sich wieder zu ihm umdrehte.

Nachdem die Sonnencreme eingezogen war und sie sich das kurzärmelige Sommerkleid mit einem fast schon zu tiefen V-Ausschnitt angezogen hatte, hatte sie sich extra Wimperntusche und Lidschatten aufgetragen.

Chris' Blick zufolge hatte er es wohl bemerkt.

»Du siehst umwerfend aus«, sagte er und seine Stimme klang ein wenig belegt.

»Danke!«, erwiderte sie und lächelte glücklich.

Als Chris zurücktrat und ihr die Tür aufhielt, setzte sie schnell ihre Sonnenbrille und ihren Hut auf.

»Ich glaube, der wird dir davonfliegen«, sprach er und deutete auf den weiten Hut. »Auf den Felsen ist es sehr windig.«

»Na gut«, zuckte sie mit den Schultern und ließ ihn auf der Arbeitsfläche liegen.

Nachdem sie aus ihrem Camper herausgetreten war, schloss Chris die Tür hinter ihr und wartete voller Geduld, dass sie die alte Dame abschloss.

»Dann mal los«, forderte sie ihn auf. »Du weißt, wo es lang geht.«

Chris führte sie zum Strand, wo Miriam und Tessa sich noch sonnten.

Andrea winkte den beiden Frauen zu, die sie mit der gleichen Geste grüßten und auf das Gesicht der jüngeren Australierin legte sich dieses Mal kein Schatten, als sie Andrea und Chris zusammen sah, die ein deutlicher ›Sicherheitsabstand‹ trennte.

Der Weg ging weiter am Strand entlang, doch sie konnte bereits erahnen, welcher Felsen es sein würde. Um ihre Aufregung zu verbergen, begann sie spontan ein Gespräch darüber, wie man in Australien Weihnachten verbrachte.

Es war kaum überraschend zu erfahren, dass die Australier an Heiligabend keine Geschenke auspackten, sondern erst am 25. Dezember. Interessant war, dass viele direkt am 26. einkaufen gingen, um den Sale zu nutzen.

Vertieft in das Gespräch, merkte Andrea kaum, wie weit sie beide wirklich gegangen waren und auch der Aufstieg hoch auf einen der dunklen Felsen von Piha Beach war im Nu getan.

»Wow, du hast recht«, staunte Andrea, als sie von der Spitze des Brockens, den sie bestiegen hatten, den gesamten Strand überblicken konnte. »Die Aussicht ist wirklich atemberaubend.«

Der Wind war hier oben wesentlich stärker und schien auch das Rauschen des Meeres mitzutragen. Ob es an der Uhrzeit lag, wusste Andrea nicht, aber hier oben waren sie ganz allein.

Der perfekte Ort für ein Date. Der perfekte Ort für einen ersten Kuss…

Als Andrea Chris anstarrte, wirkte er ein bisschen stolz darauf, dass er ihr eine Freude bereitet hatte. Sein angedeutetes, fast gedankenverlorenes Lächeln, so war ihr in diesem Moment klar, war ihr Lieblingsausdruck auf seinem Gesicht.

Bevor sich ihre Fantasie wieder selbstständig machte, zückte sie schnell ihr Handy. Sofort machte sie einige Fotos, während Chris sie mit einem Lächeln im Gesicht beobachtete.

»So«, erklärte Andrea und holte aus ihrer Tasche ihren Selfie-Stick und steckte ihr Handy mit mittlerweile geübtem Griffen in die Halterung. »Jetzt mache ich noch Fotos von uns beiden.«

»Alles klar«, erwiderte Chris.

Bildete sie es sich ein, oder wirkte er nervös?

»Komm her«, winkte Andrea ihn zu sich und er folgte sofort ihrer Anweisung. »Mit dem Hintergrund wird das ein ganz tolles Foto.«

»Okay«, sprach Chris.

Er stellte sich artig neben sie und blieb still.

Andrea kannte ihn inzwischen gut genug, um zu wissen, dass er einen Gedanken nicht aussprach.

Artig stellte er sich neben sie und hielt weiterhin den Anstandsabstand ein, was Andrea plötzlich zum Lachen brachte.

Es sah albern aus. Gerade in Anbetracht dessen, was sie füreinander empfanden.

»Was ist los?«, wollte Chris verwirrt wissen. »Hab ich was im Gesicht?«

»Bist du etwa eitel?«, triezte Andrea ihn spielerisch.

»Ein wenig, ja« gestand Chris und verzog seinen Mund zu einem Schmollen, das äußerst verführerisch auf Andrea wirkte.

Räuspernd mahnte sie sich selbst zur Vernunft.

»Keine Sorge, du hast nichts in deinem makellosen Gesicht«, flirtete sie zurück; sie konnte einfach nicht widerstehen, vor allem da Chris nun rot anlief.

»Du stehst so steif neben mir, man wird glauben, du hast Angst vor mir«, fuhr sie fort, als ihm die Worte wegblieben. »Wie wäre es«, – nun merkte Andrea, wie ihr die Hitze ins Gesicht stieg, »wenn du den Arm um mich legst?«

Chris ließ sich nicht zweimal bitten und trat mit einem breiten Grinsen an sie heran, um genau das zu tun. Brav legte er jedoch seine Hand um ihre Schultern und nicht, wie erhofft um ihre Hüften. Trotzdem war Andrea nicht in der Lage, ihr eigenes Grienen aus ihrem Gesicht zu verbannen. Beide brachen in Gelächter aus und brauchten erst einmal einen Moment, um ihre Gesichtszüge unter Kontrolle zu bringen.

»Wir brauchen länger für ein Foto als für den ganzen Weg!«, beschwerte sich Andrea und wischte sich eine Träne aus dem Augenwinkel. »Lass uns so tun, als säßen wir jetzt in einem Fotoautomaten«, schlug sie anschließend vor.

»Okay«, nickte Chris, in dessen Mundwinkeln sich das Grinsen immer noch verbarg.

Andrea konnte am Schalk, der in seinen Augen blitzte, sehen, dass er scheinbar mit dem Gedanken spielte, eine Idee in die Tat umzusetzen. Daraufhin begann ihr Herz zu pochen.

Als sie sich zusammenstellten, legte Chris vorerst wieder seine Hand an ihre Schulter und sie knipste darauf los. Und natürlich zog er zuallererst ein paar extrem lustige Grimassen.

Es war so, als wären die beiden wieder Teenager und Andrea liebte es.

Gerade, als sie protestieren wollte, wanderte Chris Hand endlich zu ihrer Hüfte. Es gelang ihr, gerade noch rechtzeitig ein Foto zu schießen, ehe er sie noch näher an sich heranzog, wodurch sie beide wieder grinsen mussten.

Ehe sie sich versah, lehnte Andrea sich gegen ihn und konnte sein Kinn an ihrer Schläfe spüren. Sein so verführerischer Duft benebelte ihre Sinne. Die Wärme seines Körpers ging in ihren über.

Nur einen Augenblick später hatte Chris beide Arme um sie gelegt und ihr Rücken presste sich gegen seinen Oberkörper. Als sie sein Gesicht an ihrer Wange und sein Kinn auf ihrer Schulter fühlte, schloss sie ihre Augen.

Diesen Moment wollte sie festhalten, so lange, wie sie nur konnte.

Eine kleine Bewegung ihres Kopfes war nötig und ihre Lippen würden sich berühren.

Bei diesem Gedanken stockte Andrea der Atem und ihr Herz sprang in einen wilden Galopp.

Das Geräusch ihres Smartphones, wie es auf dem steinernen Boden aufprallte, riss sie beide aus diesem wunderschönen Augenblick. Chris ließ sie sofort frei und hob das Handy samt Stick auf, bevor Andrea sich überhaupt bücken konnte.

»Danke«, lächelte sie ihn verlegen an.

So gerne wollte Andrea ihre Arme ausstrecken, nach seinem Gesicht greifen und seinen Mund auf ihre Lippen führen. Doch dafür war es zu früh, oder nicht?

»Es sieht noch in Ordnung aus«, sagte Chris, nur um sie zu beruhigen.

Zwar hatte ihr Smartphone den Sturz überstanden, der magische Moment war jedoch zerbrochen.

»Wir sollten zurückgehen«, erklärte sie Chris, der daraufhin zustimmend nickte.

»Ja, bis wir da sind, ist das Fleisch schon auf dem Grill«, bestätigte er. »Dann hat es zwei Stunden in der Marinade gelegen.«

»Das klingt so, als ob du es mariniert hast?«, wollte Andrea wissen und Chris grinste stolz.

»Das stimmt«, bejahte er. »Fleisch ist das Einzige, was ich wirklich gut hinbekomme.«

Für alles andere hätte er ja sie, stellte sie fest und blickte schnell zur Seite, damit er ihre Erröten nicht bemerkte.

Der Abstieg entpuppte sich als schwieriger, als sie den Aufstieg in Erinnerung hatte, doch das kam wohl daher, dass Chris und sie dieses Mal keine Unterhaltung führten. Das lag vor allem an Andrea, die sich auf den Weg vor ihr konzentrierte.

Unten angekommen hatte sie keine Ahnung, in welche Richtung es ging, bis Chris es anzeigte. Dieses Mal ging er näher neben ihr her, was ihr Herz zum Pochen brachte und sie unentwegt lächeln ließ.

»Du hast mir erzählt, dass es immer dein Traum gewesen ist, mit dem Camper durch Neuseeland zu reisen«, begann Chris das Gespräch.

»Ja«, erwiderte Andrea und strahlte ihn an.

»Mein Traum war es immer, ein Weingut hier in Neuseeland zu besitzen«, erzählte Chris weiter. »Meine Eltern hielten es vor Jahren nur für eine fixe Idee, aber ich habe mit meinem Bruder gesprochen, dass er mich auszahlt, wenn er unser Familiengeschäft übernimmt. Das ist ein weiterer Grund, warum Mick nicht hier ist. Um genau das zu regeln.«

»Das heißt, du bleibst in Neuseeland?« Andreas Stimme zitterte leicht vor Aufregung.

»Ich hatte den Traum fast aufgegeben«, gestand Chris. »Auch Sarah wollte nie aus Sydney weg, aber du inspirierst mich dazu, diesen Schritt zu gehen.«

»Das freut mich sehr, dass ich das tue«, erwiderte Andrea, und genau in diesem Moment streiften ihre Hände gegen einander.

Die Berührung schoss ihr in die Knochen und tiefer. Es kribbelte an ihrem gesamten Körper. Ihre Hände berührten sich immer noch, weil Chris seine Finger weiter gegen ihre hielt, während sie den Strand entlang gingen.

Es war Andrea, die ihre Hand schließlich in seine legte. Ihre Finger verschränkten sich und die beiden lächelten einander an. Ihr Herz hüpfte und sie meinte fast schon, auch seines hören zu können.

Chris' Hand zu halten, fühlte sich richtig an. Für ihr Herz und für ihren Verstand. Das war es, was für Andrea wirklich zählte. Es war nicht nur diese schier unglaubliche Anziehungskraft zwischen ihnen beiden. Chris und Andrea hatten in den beiden Tagen so viel Zeit wie möglich miteinander verbracht. Sie verstanden einander und hatten sich so kennengelernt. So gut, wie es in der kurzen Zeit ging.

In keiner Weise hatte sich der Altersunterschied bemerkbar gemacht. Also würde sie sich nicht weiter Gedanken darüber machen.

KAPITEL 12

Nachdem sie bei ihren Campingwagen angekommen waren, entgingen den anderen Australiern, aber auch den deutschen Touristen nicht, dass Andrea und Chris Händchen hielten. Es wurde von niemandem kommentiert und auch Tessa war zu sehr mit Leon, dem älteren der beiden deutschen Jungen, beschäftigt, als dass es sie besonders kümmerte.

Das Wichtigste war, dass Andrea sich nicht einmal ein bisschen unwohl fühlte. Denn jeder benahm sich so, als sei es das Normalste der Welt, als würden Chris und Andrea zusammengehören, selbst wenn sie sich nur so kurze Zeit kannten.

Die beiden deutschen Männer wussten das zwar nicht, aber hielten – sehr zu Andreas Erleichterung – eine gebührende Distanz zu ihr.

Es war ein sehr angenehmer Abend, der wie im Flug verging und den sie am nächsten Tag wiederholen würden, denn die Deutschen würden Heiligabend unter sich verbringen.

Der 23. Dezember verging genauso wie der Tag zuvor. Die Australier surften fast den ganzen Tag und Miriam stieß manches Mal dazu, während Tessa Leon versuchte, das Wellenreiten beizubringen.

Andrea verbrachte die meiste Zeit unter ihrem Sonnenschirm und im Badeanzug am Strand, während sie auf ihrem Tablet ein E-Book las. Dabei konnte sie immer wieder einen Blick auf Chris werfen, der seinen Spaß mit den Wellen hatte.

Bevor sie dieses Mal Kartoffelsalat machte, setzte Andrea sich wieder an ihren Laptop und lud die Fotos, die sie zuletzt gemacht hatte, auf ihrem Blog hoch. Auch eines von Chris und ihr auf den Felsen, damit Betty ganz genau wusste, wer er war.

Dieses Mal machte Andrea die doppelte Menge an Kartoffelsalat, denn Chris hatte eine kleine Kühltruhe hervorgeholt, in der man den Salat für morgen aufbewahren konnte, damit sie an Heiligabend nichts zu machen brauchte. Mittlerweile waren alle auch ein wenig von dem deutschen Gericht gesättigt, dass sie nicht mehr ganz so viel davon aßen.

Außerdem hatte Tessa darauf bestanden, ein typisches neuseeländisches Dessert zuzubereiten, von dem Andrea bis jetzt noch nie etwas gehört hatte.

Andrea war froh, sich beschäftigen zu können. Denn sie fürchtete ein wenig den kommenden Tag. Sie hatte ihren Eltern hoch und heilig versprochen, an Heiligabend und auch an Silvester anzurufen.

Das war der eigentliche Grund, warum Andrea geplant hatte, die Feiertage an diesem rege besuchten Ort zu verbringen, um problemlosen Empfang zu bekommen.

Wer hätte schon ahnen können, dass sie hier Chris begegnen würde? Betty vielleicht.

Andrea hatte an diesem Tag das Gefühl, dass die Stimmung sich etwas geändert hatte. Vielleicht hatte Chris ihren Ratschlag beherzigt und sich bei Tessa für sein Verhalten entschuldigt. Oder aber es lag daran, dass sie die meiste Zeit mit Leon und seinem Cousin beschäftigt war.

In jedem Fall trug es auch dazu bei, dass Andrea sich an die Gesellschaft der Australier gewöhnt hatte und keiner von ihnen Anstoß daran nahm, dass sie Chris' ganze Aufmerksamkeit hatte, sobald die Männer aus dem Wasser waren. Mehr noch: Miriam schien sie sogar darin zu bekräftigen, Zeit mit Chris zu verbringen. Wenn es nach Andrea gehen würde, so könnte es für immer so weitergehen. Die Realität holte sie jedoch am nächsten Morgen ein, als sie fast in die Kunsttanne rannte, die nun dort stand, wo Chris und sie ihre Stühle hatten.

»Guten Morgen!«, frohlockte Miriam, dabei war es schon später Vormittag.

Andrea war fast schon neidisch, dass die jüngere Frau die Cocktails wesentlich besser vertrug als sie. Doch dann hätte sie vermutlich nicht so lange im Bett verbracht und von Chris geträumt.

Miriam und Tessa schmückten inbrünstig und Weihnachtslieder summend den Weihnachtsbaum, was die Situation irgendwie komisch machte.

Viel wichtiger war allerdings, dass der Anblick und das Sommerwetter Andrea nicht im Geringsten an das erinnerte, dem sie zu entfliehen suchte. Es war ganz und gar nicht vergleichbar mit dem Weihnachten, das sie nun nie wieder feiern würde.

»Hilfst du uns?«, fragte Tessa und Andrea ließ sich nicht zweimal bitten.

Irgendwie musste sie die Zeit bis ein Uhr mittags deutscher Zeit totschlagen und das war 11 Uhr abends neuseeländischer Zeit.

»Was bedrückt dich?«, fragte Miriam geradeheraus.

»Ich habe meinen Eltern versprochen, sie heute anzurufen und davor graut mir«, gestand Andrea ehrlich und seufzte tief.

»So schlimm?«, hakte Tessa nach.

Ihrer Miene zufolge war sie ehrlich interessiert.

»Sie sind sehr altmodisch«, erklärte Andrea. »Dass ich heute hier bin, ist in ihren Augen skandalös und beschämend. Wenn es nach ihnen ginge, müsste ich trauernd in einem Kloster sitzen und den ganzen Tag beten.«

Überrascht über sich selbst, schlug Andrea eine Hand vor den Mund. Doch als die beiden anderen Frauen in Gelächter ausbrachen, stimmte sie erleichtert mit ein.

»Dir ist klar, sie sind auf der anderen Seite der Welt«, meinte Miriam. »Was wollen sie tun, wenn du dich nicht meldest?«

»Einen Suchtrupp losschicken?«, gab Andrea ernst zurück. »Das wäre ihnen zuzutrauen.«

Als die zwei Australierinnen sie ungläubig ansahen, zuckte Andrea nur mit den Schultern.

»Dann mach es einfach kurz«, meinte Tessa. »Sag, dass du eingeladen bist und nicht unhöflich sein willst. Es ist dann doch spät abends hier. Das werden sie dann doch wohl verstehen.«

»Gute Idee«, pflichtete Miriam ihr bei.

Andrea fühlte sich ein wenig erleichtert. Wenn das ihre Erklärung war, müsste sie die anderen auch nicht bitten, leise zu sein. Ihre Eltern würden das Argument akzeptieren. Wie ihre Familie wahrgenommen wurde, war ihnen wichtiger als die Realität, und das hatte sie immer gestört.

Vielleicht war auch das einer der Gründe dafür, dass Andrea ans andere Ende der Welt gewollt hatte: um Luft zum Atmen zu haben.

Obwohl sie nun wusste, wie sie das Telefonat mit ihren Eltern kurzhalten konnte, war Andrea nicht in der Lage, sich wirklich zu entspannen. Chris bemerkte, wie abgelenkt war, und legte einen Arm um sie, was für ein paar Minuten Halt gab.

Immer wieder sah Andrea auf ihre Uhr. Zum einen, weil sie wusste, wie sehr ihre Eltern Unpünktlichkeit verabscheuten, zum anderen, weil sie das Telefonat schnell hinter sich bringen wollte.

Das beherrschte ihren gesamten Tag.

Als ihr Handy schließlich in ihrer Hose vibrierte, um ihr anzukündigen, dass es kurz vor elf Uhr abends war, atmete sie in einer Mischung aus Erleichterung und aufkeimender Nervosität auf. Mit einem Lächeln an Chris, das um Entschuldigung bat, löste sie sich von ihm und sie ging ein paar Schritte von der Runde weg. Aber sie blieb nah genug, dass die anderen im Hintergrund noch zu hören waren.

Dann, in dem Augenblick, als die Uhr 23:00 anzeigte, wählte sie die Nummer ihrer Eltern. Plötzlich fror sie und schlang einen Arm um ihren Bauch.

Ihr Vater war derjenige, der den Anruf annahm und sich mit dem Familiennamen meldete, ganz so wie es sich gehörte und als ob er nicht wüsste, wer gerade anrief.

»Hallo Papa«, grüßte Andrea. »Hier ist Andrea. Ich wollte Mama und dir frohe Weihnachten wünschen.«

»Hallo Kind«, erwiderte ihr Vater. »Ich stelle dich auf den Lautsprecher.«

Andrea konnte hören, wie er am Hörer hantierte und dann veränderte sich der Klang am anderen Ende. Bildete sie es sich ein, oder wirkte ihr Vater reservierter als sonst? Das war sicher ihrer Aufregung geschuldet.

»Hallo Mama. Ich wünsche euch beiden frohe Weihnachten!«, versuchte Andrea fröhlich, aber doch zurückhaltend zu wirken.

»Das wünschen wir dir auch, Liebes«, antwortete ihre Mutter und klang irgendwie seltsam.

»Ich wollte euch nur sagen, dass es mir gut geht«, fuhr Andrea mit dem ungeschriebenen Protokoll fort. »Ich stehe am Strand von Piha und habe hier Anschluss gefunden. Ich teile den Platz mit ein paar sehr netten Australiern und wir haben hier auch deutsche Touristen getroffen.«

»Ja, die Fotos haben wir gesehen«, erwiderte ihr Vater und Andrea bekam Gänsehaut von seinem Ton.

»Dann habt ihr gesehen, dass es keine Kriminellen sind«, wagte Andrea es, zu scherzen.

Die eisige Stille, die ihr entgegenkam, war kälter, als sie erwartet hatte.

»Und der junge Mann, der dich im Arm hält?« Es war ihre Mutter, die nun fast schon mahnend sprach. »Wer ist das?«

»Einer von den Deutschen?«, verlangte ihr Vater, zu wissen.

Zu ihrem eigenen Erstaunen fühlte Andrea etwas anderes als sonst. Früher hätte die Art und Weise, wie ihre Eltern nun mit ihr sprachen, sie eingeschüchtert. Jetzt wurde sie wütend.

»Nein«, gab sie fast schon scharf zurück. »Das ist Chris. Er ist Australier. Er und seine Freunde haben mich sehr herzlich aufgenommen.«

»Er sieht jünger aus als du«, stellte ihr Vater fest, und ihre Mutter ergänzte: »Andrea, du weißt, es schickt sich nicht so kurz nachdem Sebastian und die …«

»Stopp«, schnitt Andrea ihrer Mutter das Wort ab.

Für einen Augenblick war sie von sich selbst mehr als nur ein wenig überrumpelt.

»Wenn das wirklich das Thema ist, das ihr beide an Heiligabend anschneiden wollt, dann habe ich euch nichts mehr zu sagen«, erklärte sie.

»Andrea!«, rief ihr Vater fast schon empört.

»Kind, was ist in dich gefahren?«, wollte ihre Mutter wissen.

»Die Erkenntnis, dass euch wichtiger ist, was die Nachbarn von euch halten, als dass eure Tochter, der wohl das Schlimmstmögliche widerfahren ist, wieder glücklich sein könnte«, sagte Andrea ruhig. »Genau das ist in mich gefahren.«

Für den Bruchteil einer Sekunde spielte sie mit dem Gedanken, ihre Eltern noch einmal zu Wort kommen zu lassen, doch entschied sich dagegen.

»Und ja, Chris ist ungefähr zwölf Jahre jünger als ich«, sagte sie. »Ich habe nicht genau nachgefragt, denn niemanden hier kümmert das. Mich am allerwenigsten. Weil ihr mir so sehr eingebläut habt, was sich eurer Meinung nach schickt und nicht schickt, habe ich mir selbst fast meinen Urlaub verdorben. Wenn ihr mich jetzt entschuldigt, ich möchte den Rest des Abends mit Menschen verbringen, die mich tatsächlich glücklich sehen wollen. Ich melde mich Silvester wieder um ein Uhr mittags. Genießt die Feiertage. Ich werde noch mehr Fotos hochladen, falls ihr noch mehr Gründe sucht, um euch für mich zu schämen.«

Am anderen Ende der Leitung herrschte immer noch sprachlose Stille, als Andrea den Anruf beendete. Sie war kurz davor, ihr Handy wegzuschmeißen, aber dann wollte sie Chris ungern um sein Mobiltelefon bitten, wenn der Anruf nach Deutschland ging.

»Alles in Ordnung?«, riss Chris sie besorgt aus ihren Gedanken und sofort änderte sich ihre gesamte Gefühlswelt von düster und wolkenverhangen zu hell-strahlend und Sonnenschein.

»Jetzt ja«, antwortete sie ihm und lächelte ihn an, während ihr Herz hüpfte.

Sofort erhellte sich der Gesichtsausdruck des Mannes, der ihr Herz im Sturm erobert hatte und ihr das Gefühl gab, wieder ein Teenager zu sein.

Das war genau der Moment, in dem sie erkannte, dass sie nichts anderes als das sein wollte. Die Andrea, die sie als Teenager gewesen war, bevor ihre Eltern ihr das erste Mal die Unbeschwertheit genommen hatten.

»Ich möchte mich entschuldigen«, erklärte Andrea und Chris trat verwirrt auf sie zu, um seine Hände an ihre Schultern zu legen.

»Wofür?«, wollte er wissen.

»Hierfür«, erwiderte Andrea mit einem breiten Grinsen, begab sich auf die Zehenspitzen, schloss die Augen und küsste ihn vorsichtig.

Kaum einen Herzschlag später umrahmten seine Hände ihr Gesicht und er trat näher an sie heran, um sie noch inniger zu küssen.

Andreas Hände vergruben sich in sein Hemd, während ihr Herz in ihrer Brust wild flatterte, dass sie glaubte zu schweben.

Sie lösten sich erst wieder voneinander, als sie nach Luft schnappen mussten. Chris hielt ihr Gesicht immer noch in seinen warmen, großen Händen.

»Wow«, flüsterte er.

»Sorry«, wisperte sie, verspielt lächelnd.

Chris wirkte immer noch perplex.

»Das Leben ist einfach zu kurz«, erklärte Andrea schulterzuckend.

»Da hast du recht«, pflichtete Chris ihr bei, legte einen Arm um ihre Schultern und zog sie zu sich heran, um sie zurück zu den anderen zu führen.

»Perfektes Timing!«, jubelte Miriam und deutete auf Tessa, die mit einer mit Früchten bespickten Torte in die Runde trat, die nur aus Sahne zu bestehen schein.

»Das sieht aber lecker aus!«, staunte Andrea. »Was ist das?«

Sie alle lachten.

»Das ist eine Pavlova« erklärte Tessa stolz. »Eine Sahne-Baiser-Torte.«

»Genau, was ich jetzt brauche!«, freute sich Andrea.

EPILOG

Ein Jahr später ...

Ein wenig unruhig blickte Andrea auf die Uhr. Vor einer Stunde hatten ihre Eltern angerufen, dass sie mit einem Taxi losfahren würden, denn sie wollten keinerlei Umstände bereiten, da Chris heute den ersten Tag frei hatte.

Andrea sah auf und begegnete dem Blick und dem Lächeln ihres Lebensgefährten, der auf der Leiter neben dem Christbaum stand.

»Der Engel sitzt perfekt«, bestätigte sie mit einem Nicken. »Komm runter und brich dir bitte nicht das Genick«, fügte sie halb scherzend, halb lächelnd hinzu.

Das Klingeln der Tür drang durch das Foyer des großen Hauses, in dessen Mitte die pompöse Tanne stand, deren Dekoration gerade fertig geworden war. Sofort entspannte sich Andrea. Das mussten ihre Eltern sein, denn jeder andere wäre einfach durch die offene Tür gekommen.

»Ich gehe schon«, erklärte Chris und machte sich auf den Weg, nicht ohne ihr einen Kuss auf ihre rechte Schläfe zu geben und seine Hand sanft auf ihren Bauch zu legen. »Du machst heute nichts mehr.«

Nur ein paar Augenblicke später erschien Tessa strahlend in der Tür der Küche.

»Perfektes Timing!«, erklärte sie, während sie auf Andrea zukam. »Ich habe extra für deine Mutter eine Pavlova nur mit Erdbeeren gemacht«, sagte sie weiter und geriet ins Staunen: »Der Baum ist der Wahnsinn!«

»Danke, du bist die Beste«, erwiderte Andrea. »Es ist schön, dass du hier bist und zur Hand gehst. Wo sind die anderen?«

Damit meinte Andrea Tony, Jordan und Miriam, die vor ein paar Tagen vom Strand zu ihnen auf das Weingut gekommen waren.

»Im Speiseraum«, antwortete Tessa. »Miriam perfektioniert noch die Tischdeko.«

Andrea atmete tief durch. Sie wusste ganz genau, dass Chris nur deshalb gerade ihre Eltern in Empfang nahm, weil sie ihm irgendwann mal gesagt hatte, dass ihre Eltern genau das erwarten würden. Dass Chris sich mit den beiden gut stellen wollte, konnte sie nur zu gut verstehen. Immerhin hatte sie ihnen an Silvester erklärt, dass sie mit Chris zusammen in Neuseeland bleiben würde. Vielleicht wirkte es aber auch deshalb so auf sie, als würde es eine Ewigkeit dauern, bis sie die Gesichter ihrer Eltern sah.

Letztes Jahr hatten Chris und sie zwischen den Feiertagen das Weingut besichtigt, das er ins Auge gefasst hatte. Das renovierungsbedürftige Anwesen hatte es Andrea sofort angetan.

Noch vor Ort hatten sie einen Termin im neuen Jahr vereinbart, um sich das Gut mit einem Bauleiter und Weinkenner anzusehen. Währenddessen hatten Chris und Andrea die Gelegenheit, die Angestellten des Guts kennenzulernen, was sie dazu veranlasste, das Anwesen zu kaufen, obwohl einiges am Hauptgebäude und am Wohnhaus zu tun war.

Chris und Andrea hatten das Glück, dass das Paar, dem sie das Weingut abkauften, noch ein paar Monate bei ihnen blieb, um sie anzulernen. Für die Arbeiten am Hauptgebäude stellten sie extra eine Firma ein, aber als das Ehepaar schließlich auszog, beschlossen Chris und Andrea das Wohnhaus selbst zu renovieren. Das ging so lange, bis Andrea feststellte, dass sie schwanger war.

Daraufhin wollte Chris unbedingt, dass auch das Wohnhaus bis Weihnachten fertig war und er drängte darauf, beide Eltern auf das Gut einzuladen und mit ihnen gemeinsam zu feiern.

Als Chris endlich mit Andreas Eltern auftauchte, hielt er ironischerweise eine Flasche Wein und eine Schachtel in der Hand. Die Mienen ihrer Eltern waren neutral, aber sie blickten neugierig umher, um sich das Anwesen genau anzusehen.

»Willkommen«, begrüßte Andrea die beiden und ging langsam auf sie zu.

Lenkte sie das großzügige Gebäude womöglich ab oder würden sie wohl die kleine Wölbung bei ihr entdecken?

Andrea selbst musste sich noch daran gewöhnen, vor allem an den Gedanken, dass sie kein schlechtes Gewissen ihren Kindern gegenüber haben sollte. Dass sie schwanger geworden war, hatten sie nicht geplant. Es war einfach passiert und dann mussten sie sich mit dem Thema plötzlich auseinandersetzen.

Letzten Endes hatten Andrea und Chris hatten sie sich darüber nicht nur noch besser kennengelernt, sondern waren vollkommen zusammengewachsen.

»Andrea!«, rief ihre Mutter fast schon aus, was sehr ungewöhnlich für sie war, und kam sofort auf sie zu, um sie fest in die Arme zu nehmen.

Offensichtlich hatte das Jahr der Trennung eine Wirkung auf ihre Mutter gehabt. Sobald ihre Mutter sie wieder freigab, nahm ihr Vater sie überraschenderweise ebenso fest in die Arme.

»Vorsicht«, mahnte Andrea sanft, als sie Druck gegen ihren Bauch spürte.

»Du bist schwanger?«, meinte ihre Mutter erstaunt und Andrea konnte in ihrem Gesichtsausdruck nichts Negatives erkennen.

»Wir wollten euch das nach der Tour durchs Haus und dem Abendessen sagen«, musste Andrea gestehen. »Kommt doch erst einmal an«, fuhr sie schnell fort, weil sie kein Interesse an einer Grundsatzdiskussion hatte, vor allem dann nicht, wenn die Koffer ihrer Eltern noch gar nicht ausgepackt waren.

»Willst du uns nicht vorstellen?«, meinte ihr Vater.

Andrea hatte tatsächlich Tessa vergessen, die ein wenig peinlich berührt neben ihr stand.

»Das ist Tessa, eine gute Freundin«, holte Andrea dies sofort nach. »Sie arbeitet für uns und kümmert sich vornehmlich um die Gäste, die hier übernachten.«

Einer Standpauke war Andrea wohl noch gerade so entkommen. Daher nutzte sie die Gelegenheit und setzt sich sofort in Bewegung, um ihre Eltern zu ihren Zimmern zu führen. Chris und sie hatten sich darauf geeinigt, ihre Eltern im Gästetrakt mit Blick auf die Weingärten unterzubringen. So hatte das strenge, deutsche Ehepaar das bestmögliche Zimmer mit mehr als genügend Abstand zu Andreas Rückzugsorten.

Während der kurzen Besichtigungstour schien Chris Andreas Vater in seinen Bann geschlagen zu haben. Sie konnte sehen, wie ihr Lebensgefährte dem älteren Mann in aller Detailfreude über das Weingut berichtete und dabei scheinbar genau den richtigen Ton traf. Glücklicherweise hatte ihr Vater in seinem Beruf Englisch sprechen müssen, sodass die beiden Männer nicht durch eine Sprachbarriere getrennt wurden.

»Andrea« riss ihre Mutter sie plötzlich aus ihren Gedanken.

»Ja, Mama?«, erwiderte sie vorsichtig.

»Bist du glücklich?«, erkundigte sich ihre Mutter und ihre Stimme war schwer mit Emotionen.

»Ja, Mama«, bestätigte Andrea und kämpfte gegen die Tränen in ihren Augen, »das bin ich.«

»Dann ist es gut«, flüsterte ihre Mama und griff nach Andreas Hand, um sie fest zu drücken. »Dann sind dein Vater und ich es auch.«

ENDE.

Hat Dir der Roman gefallen? Dann hinterlass doch bitte eine Rezension!

ANDREAS KARTOFFELSALAT

Für 8 Personen

2 kg	Kartoffel(n), fest kochend
1 Glas	Mayonnaise
300 g	Joghurt, mild
8	Eier, hart gekocht
4	m.-große Gewürzgurken
1	große Zwiebel
EL	Senf, mittelscharf
Etwas	Butter
	Salz und Pfeffer
	n. B. Gewürze

Zubereitung:

Kartoffeln schälen und ca. 20 Minuten kochen, dann, abkühlen lassen, schälen, in Scheiben schneiden und in eine Schüssel geben.

Während die Kartoffeln kochen, die Eier 5 Min. kochen, abkühlen lassen.

Die Zwiebel in kleine Würfel schneiden, mit der Butter anbraten lassen und zu den Kartoffeln geben.

Die Essiggurken längs vierteln, klein schneiden.

Die Eier mit dem Eierschneider schneiden und mit Salz, Pfeffer und den Essiggurken ebenfalls in die Schüssel geben. Einen Schluck Gurkenwasser, Senf, Mayonnaise, Sahne dazu und gut umrühren.

Nochmals mit Salz und Pfeffer abschmecken.

Im Kühlschrank alles gut durchziehen lassen.

CHRIS'
GRILLMARINADE

2 EL	Tomatenmark
1 EL	Mayonnaise
2 EL	Essig
2 EL	Öl
2 TL	Salz
1 TL	Paprikapulver, scharf
½ TL	Pfeffer, schwarz
1	Zwiebel(n), in Ringen

Zubereitung:

Alle Zutaten gut vermischen, anschließend das Fleisch für 1-2 Stunden darin ziehen lassen.

Je länger, desto intensiver der Geschmack.

TESSAS PAVLOVA

Neuseeländische Baiser-Torte

Nach der russischen Ballerina Anna Pawlowa benannt, die das Gericht kreierte.

Baiser-Masse (Boden)

4	Eiweiß (Größe M), Zimmertemperatur
225 g	Zucker (fein)
1 TL	Malzessig (oder Weißweinessig)
1 TL	Vanille
1 EL	Speisestärke (gestrichen)
1	Prise Salz

Garnitur

500 ml   Schlagsahne

250 g   frische Früchte nach Belieben (Banane, Erdbeeren, Kiwi, Mango, etc.)

Vorbereitung:

Ofen auf 200°C Ober-/Unterhitze vorheizen und Backpapier auf Blech auslegen.

Achtung! Umluft ist <u>nicht</u> geeignet.

Zubereitung:

Eiweiß mit Salz bei mittlerer Geschwindigkeit aufschlagen, bis es Bläschen zeigt. Zucker langsam beigeben. Anschließend Essig und Vanille-Essenz zugeben, Geschwindigkeit nach und nach bis auf höchste Stufe erhöhen. Weiter schlagen, bis die Masse glänzend ist und so steif ist, dass sie beim Herausziehen eines Löffels Spitzen zeigt (ca. 4-5 Min.).

Speisestärke drüber sieben und ein paar Sekunden auf niedriger Stufe unterrühren.

Auf dem Backblech einen Kreis von ca. 20 cm Durchmesser formen und die Masse darauf geben. In die Mitte der Eiweißmasse mit dem Löffelrücken eine leichte Vertiefung drücken.

Blech in den Ofen schieben, 2. Schiene von unten. Temperatur sofort auf 100 °C (Ober-/Unterhitze) reduzieren und 2,5 Stunden backen. Sollte der Teig sehr hochsteigen oder Farbe annehmen, Temperatur leicht reduzieren. Die Masse soll außen trocken, knusprig und noch weiß sein. Im geschlossenen Ofen mindestens 4 Stunden, am besten über Nacht, auskühlen lassen. Wenn der Ofen sehr schnell runterkühlt hilft es, das Ofenlicht anzulassen.

Garnitur:

Sahne steif schlagen und auf der Pavlova verteilen.

Mit den Früchten garnieren.

CAMPEN IN NEUSEELAND

Es gab Zeiten, in denen man in Neuseeland campen durfte, wo man wollte. Beim »Freedom Camping« konnte man einfach irgendwo an die Seite fahren und für die Nacht seinen Rastplatz aufschlagen.

Seit 2018 regelt ein Gesetz diese »Freiheiten« und es ist abzusehen, dass diese irgendwann gänzlich abgeschafft wird, weil es immer noch Touristen gibt, die an verbotenen Stellen parken, ihren Müll entsorgen und sich um die Anwohner und die Natur nicht scheren.

Es gilt jetzt die Faustregel »Erlaubt ist, was ausdrücklich erlaubt ist«. Grundsätzlich ist »Freedom Camping« nur noch mit autarken Campervans erlaubt, die über eine offizielle »Self containment«-Plakette verfügen (Link in der Übersicht).

Auch wichtig ist, dass an »Freedom Camping« Stellen oft nur vier bis fünf Camper stehen dürfen. Man sollte hier auch auf die fest geregelten Uhrzeiten achten, zu denen man an vielen Stellen nicht stehen darf (z.B. nach neun Uhr in der Früh).

Wer gegen das »Freedom Camping«-Gesetz verstößt, kann mit einem Bußgeld von 200 NS$ (ca. 113 €) rechnen. Diesem Bußgeld kann man nicht entkommen, denn die Campingwagenvermieter arbeiten mit den deutschen Behörden zusammen.

Es lohnt sich einen der vielen von Einheimischen betriebenen Campingplätze anzufahren. Dort kann man für zwischen 25 NZ$ (ca. 14 €) und 92 NZ$ (ca. 52 €) für ein Wohnmobil mit 2 Personen den Luxus genießen bequem kochen und duschen, Schmutzwasser und Müll entsorgen zu können. Es lohnt sich hier auch vorzubuchen, da mache Stellen wenige Campingplätze gibt und auch am Wochenende oder zu Feiertagen die Einheimischen selbst campen gehen.

Man sollte sich dennoch unbedingt wenigstens einen der »Freedom Camping«-Plätze besuchen, denn die Aussicht ist immer noch unbezahlbar.

Was man unbedingt für einen Camping-Trip wissen muss, findet ihr hier:

www.weltwunderer.de/campingplatze-in-neuseeland-was-man-wissen-muss/

QUELLEN UND SEITENTIPPS

DIE Seite für Neuseeland: www.kiwifinch.com

Nützliche Reisetipps
www.camperdays.de
www.freeontour.com
www.weltwunderer.de

Thema »Self containment«-Plakette:
www.weltwunderer.de/freedom-camping-wer-darf-
wer-nicht-kleine-plaketten-kunde/

Wichtige Links Sammelseite:
www.kiwifinch.com/links-fuer-urlaub-in-
neuseeland/

Währungsrechner: www.umrechner-
euro.de/umrechnung-neuseeland-dollar

Andrea ist Mitte vierzig, als sie durch einen schrecklichen Autounfall ihren Mann und ihre beiden Kinder verliert. Monatelang kämpft sie vergebens, um wieder in einen Alltag hineinzufinden.

Eines Tages trifft sie eine folgenschwere Entscheidung: Sie will ihren Traum erfüllen und mit einem Campingwagen durch Neuseeland fahren.

Nach einigen Wochen landet Andrea am Aucklands beliebtesten Strand Piha Beach und trifft dort auf den Australier Chris, der ihr Herz ganz unverhofft höherschlagen lässt.

Wäre da nur nicht der Altersunterschied, denn Chris ist zwölf Jahre jünger als sie. Kaum vorstellbar, dass er sich ernsthaft für sie interessieren könnte, oder doch?